禪山水

苏忠/著

四川人民出版社

目录

／　近游 ／／　／

闲步

／ 诗纪 ／／ ／

山水重勘、话语创新和文类自觉（代序）　/伍明春

——读苏忠的散文诗

苏忠是一位勇于求索的诗人、作家。他曾尝试多种文类的写作实践，创作过小说、散文和现代诗，近年来又致力于散文诗的写作。苏忠即将付梓的新著《禅山水》就是一部以散文诗为主的作品集，兼收部分现代诗作品。毋庸置疑，与小说、诗歌（主要指现代诗）等文类的强势表现相比，散文诗在当下文学写作现场可以说处于某种不受待见的边缘位置。尽管如此，仍有不少写作者执着于散文诗的写作，为推进这个命途多舛的文类的艺术建设，默默地奉献才情和心力。苏忠正是这样一位自觉自为的散文诗写作者。《禅山水》这部散文诗作品共分为三辑，作者分别以三个动词短语将之命名为“远涉”、“近游”和“闲步”。从某种意义上说，这三个具有微妙差异却又有内在关联的动词短语，也恰好象征了苏忠在散文诗写作上多向展开的探索姿态。

纵观苏忠的散文诗写作，不难发现，一方面，作者吸收借鉴了既有的汉语散文诗的艺术资源，将之内化为文本的血肉；另一方面，作者努力地探寻散文诗写作的新路径，试图拓展散文诗话语的表现空间。而后者尤其值得我们注意，因为它更突出地显现出苏忠散文诗写作的艺术个性。

首先，苏忠大胆地把审丑话语引入散文诗写作，丰富了汉语散文诗的艺术表现手法。所谓审丑话语，按照文学理论家孙绍振先生的概括，是与审美话语和审智话语并列的一种文学话语。这种以丑为美的话语方式的恰当运用，往往可以获得某种独特的艺术效果。当代汉语散文诗大多为诗性的、抒情的审美话语，由于话语方式的单一性带来的种种限制，在艺术表现上也就难免不遭遇某种捉襟见肘的窘境。而苏忠的散文诗，不仅有传统的审美话语，也有不少鲜活的审丑话语，譬如在《碰杯雨夜》里，作者笔下的行道树发生了这样的变异：“街两侧的大小树木，被人一把掐住脖子，悬在半空，驼着腰，叶子耷拉，有点呼吸困难的那种扭曲，不能多瞧。”如此丑陋、可怖的形象，显然是抒情主体情感的某种外化。这篇作品的主题是都市中人的孤独感，作者对于这一主题的表现并未陷入常见的小资情调的泥淖，而是通过审丑话语的穿插运用，引而不发地流露出某种反讽性和批判性。

同样值得玩味的是，面对巢湖中大大小小的岛屿，作者居然把它们想象成一堆疯长的青春痘，甚至由此颇见匠心地生发出一番关于文学传统嬗变、自然季候流转的别样观感：“不要翻开唐人的诗，宋人的词，昭明的文选，或者春风中的花苞，夏夜里的露水，都只是时间里的痘。”（《巢湖的痘》）通过“痘”这一中心意象的连接，自然、历史、想象等多重意涵在这里交会碰撞，形成一个立体而独特的诗性情境结构。这种想象方式显然不仅借重了现代诗歌变形、跳跃的艺术技巧，也隐约呼应了现代主义诗歌“恶之花”式的艺术趣味。

值得注意的是，苏忠散文诗中的审丑话语，有时还通往一个幽默情境，呈现出另一种艺术效果：

嗯嗯，你们装人类的智慧，我就装鸟儿的灵感。

江和海的推搡，我不想劝解，一辈子的邻居，它们的吵吵闹闹，也许就是寻常的生活方式。

一溜鱼儿，时不时蹿出水面，挑衅五月的空旷阳光，我也装着没看见。

（《一个人的闽江口湿地》）

作者在这里把江河的流动说成是邻居之间的推搡和吵闹，把人鸟之间的互动想象成角色的彼此扮演，最后以“装着没看见”一语来消解上文造成的某种沉重感。这些都显示了作者的幽默感。

其次，苏忠在这些散文诗中常以某种另类视角来解构我们原本熟知的山水意象，使之呈现出一个全新的面目。此举让苏忠的山水题材散文诗既跳脱了走马观花式的纪游体窠臼，又发掘了山水景观中隐藏的“禅意”。

在风光迤逦的海螺沟景区，苏忠没有用诗意的语言去对美丽风光做廉价的赞美，而是反其道而行之，把森林比作长舌妇，勾勒出其与冰瀑之间的微妙纠缠关系：“无匹的冰瀑啊，淌下了种种慢镜头，有的浩浩荡荡，有的剑拔弩张，有的高耸入云，有的恣意铺张，各种冷各种酷的姿态，却依然遮不住火热的心，比如红石滩的激情石子，比如山腰温泉的无休止蒸腾，无边森林是深谙其味的长舌妇。”对山中雾气的描写也是非诗化的，甚至用上了“广场舞的呼啦圈”来形容雾气的无所不在：“山间的雾也像炊烟，没有云的洁白就没必要攀亲沾

故，路一转，车一绕，也像广场舞的呼啦圈，到处都是。”（《在世间，花开千年方为洁癖》）

如此诙谐、略带讽刺意味的手法也出现在《龙虎山注》一文中：“泸溪东走西拐，媒婆般忙碌，热情地磕巴；姐妹瀑、青云瀑跳啊跳啊，那身材，也没节制；还有些嘀嘀咕咕的小情绪，在潜意识里，在山腰，其实很干净，像纯净水。”当然，这里的讽刺意味并非指向山水这个客体，而更多地指向写作主体自身。事实上，这篇散文诗表达的主题就是某种超越山水之上的情感，颇具“山水注我，我注山水”之意味。这种意味我们在《茅山访道》中同样可以读到：“印宫，灵官殿，勉斋道院、九霄宫里住着很多道家神仙，个个飘逸不凡，不过他们家房子盖得像连锁店，神情大同小异，着装也统一，我也就走马观花中。”不过，在这里，突兀的“连锁店”一词，却流露出颇为鲜明的反讽色彩。这种反讽手法又与下文的自我解嘲相互勾连，共同完成了对“茅山”这一意象的解构：“至于那些怪异的青砖图案、坎卦符号、横斜院门，我里里外外转了半天也没看懂，后来安慰自己，这么多年都没人破译，我这也正常嘛。”

相形之下，《北峰减字》中的自我解嘲却不那么彻底，还拖着一条浪漫主义的小尾巴：“后来我出局了，也没地方可去，只好在此收取停车费，生意总不好，云不多。”“生意不好”说的是极庸常的生活，而“云不多”（不说“钱不多”）又隐约透露某种浪漫情怀。二者之间的突转，既构成一种抒情话语的表达张力，也暗示了某种苏忠式的禅意。

总之，苏忠的散文诗写作已初步形成自身的艺术个性，这些丰富多元的散文诗文本，显示了作者关于散文诗作为一种独立文类的自觉思考，为当代汉语散文诗的艺术发展，提供了不可忽视的实践经验。

伍明春，男，1976 年生，闽西客家人，文学博士。现为福建师范大学协和学院教授、文化产业系主任，福建师范大学文学院硕士研究生导师，兼任福建省美学学会副会长等。

远涉

抚仙湖腹语

水清澈得像一扇敞开的门，只要一抬脚，就能沿着台阶走进湖底，看见那巨大祭台，看见那倾斜城垣，看见那漠漠人家。

天空是一扇旋转门，有时在湖里，有时在头顶。

平地拔起的山，一根根雨后的笋，在透明的水边，头重脚轻，虚晃晃的，连影子都有点不实在，似乎戏台上的剧情在移动。

树是稻草人的返老还童，使劲摆动枝丫，都吓走了云朵，还摇几只白鸥，铃儿般响。

传说里的肖、石二仙确实不回去了，故事很远，湖面太空旷，滑冰般的浮光掠影，一时半刻没找到搭手抚肩的模样。

湖畔倒是有人在捕鱼，在劈柴，在刨木头花，在喝米线汤，在抽水烟筒，都旁若无人。

远处的孤山岛，仿若戴方巾软帽的儒生，头也不抬地默诵中。

湖和天在夕阳里是一张唇，水声轻柔，从山那边到湖畔，一遍遍嘟哝着。

可惜我都听不懂。

画里的婺源夜深了

是有几根虚实线条，勾勒出月下的山村，几间茅屋，三两水塘，空的亭榭。

这是小雪的深夜，来人偏喜欢悬针古井，回腕山峦，把瓦檐和春光大片留白，还有蛙鸣和孩子的夜啼，斑点了几抹柳梢。

兴起时的溪水长堤，有几笔说来力透纸背。

夜归与张望，前后有印鉴隐喻。

再淡些也山道远近，人家长短，题跋处不少于三言两语。

可是夜色，说起来不会因画里外的泼墨而涂改。

寂静的色彩，只能是深夜的雪。

秃的山顶，枯萎的路，泛虚的湖光。

还要等画画的人走了，雪停了，笔墨歇了。说，也不是不能不暂停。饮茶者才会走出繁密线条，望天色，吐青词，摔卜卦，三拜九叩里将背景轻抹。

一团炉火，让颜色和温度侍立。

无须面孔的仕女在工笔画外。

天池一杯禅

当末代的火焰熄灭，所有的炙热一饮而尽，你安静地端起一杯透明，在时间里，不轻动，不言语。

雪花白了群峰的连绵，黄叶和野花揉碎了晨昏倒影，七月禅里的湖水无所思无所虑，春天是长白山的鸟鸣一声声啄出来的。

你端坐寂寂，四季是周而复始的梦，山川河流是莲花开，一瓣瓣的冷暖炎凉，都是光阴的初心，根须里的往事，都掰开了。

太阳在杯中路过，月亮在杯中路过，白云已千载，碰杯的人啊，还在迟到中赶路。

投影幢幢，也交头接耳，也窃窃私语。

有些时候，在岸边，你也像渔夫收网拉回涟漪。

层层的心思，适合一杯酒，一个人。

你依然失神在另一个失神中，时间和礁石骨碌碌地流传。那些年，流传还在流传中变形，邮筒里的纸片叠着纸片。

辙印都在身后，埋头速记，一声不吭。

人间变了好几种颜色……

漠河雪国

漠河是一种心情。

心情也是一种日出！极北之北，适合一个人的早睡早起。

然后，雪和清晨一起醒来了，毛茸茸的冬天有了两行脚印，有的齐膝，有的齐腰。

雪与雪的推搡，吱吱地响，茫茫无边，人们都听不清。

一群驯鹿闻到了，四散跑开，清澈的眼神里有雪的倒影。

阳光才有了一点高度，手指就开始不老实，四下拍打睡懒觉的人们。

白桦林只得齐刷刷冒出来了，一身白衣飘。

明明已起床却不肯睁眼的是雾凇，模模糊糊又摇摇晃晃，满脑子装满了呓语。

依然装睡的是柴垛，头也不抬，我困呀，我土呀，你们能怎样?

木屋子无奈只得冒出来了，东一处，西一处，头顶都蒸腾着积雪。

天空没有云，都落到了地面，也就无话可说。

到后来，憨厚的农人们开始劳作，胡子帽子都挂着冰碴。有的赶着马车，鞭子长长的，也悬着冰碴，早起的狗儿尾随。

村庄的栅栏，与屋檐的冰凌，围着的腾腾热气，不是炊烟，是玉米和红灯笼的欢天喜地。

雪人很安静，它刚和乌苏里江打了个赌，谁一个冬天不讲话，谁就先看到眼睫毛里的冰裂纹。

托塔记

汴京铁塔是那个时代文人的背影——俊朗，洒脱，铁骨铮铮，却又孤拔苍凉。

九百多年的沧桑，历经了四十三次地震，十九次风灾，十七次雨患，十次冰雹，六次河患，依然负手独立，长衫飘飘，在天穹下。

我不知道，翩翩风华的范仲淹、欧阳修、苏轼、王安石可曾注目过此塔？可曾从此塔的影子底下打马而过？抑或从塔顶飘过的云亦曾遮掩过斯人的遥想？

这座铁塔的梦华中，一定有过喧哗的坊巷箫鼓，画阁歌舞，柳陌花衢，浩大祭典；一定目睹过清明上河的车水马龙，店铺鳞次，酒家珠帘，城门高耸，员外饮酒为欢，人家杀羊祭神；也一定耳闻过岳阳楼上的物喜与己悲，耳闻过踏雪寻梅的清洁高古，耳闻过明月几时有的悠悠天问，以及左牵黄，右擎苍，千骑卷平冈的豪情千万……

许多年前的一个正午，我游历于此，有讶异，有起伏，却没有附和，也没有与众人一起登高。

风铃声里，我只是静静地绕塔，一遍遍地走，看着铁塔将身影缓缓收拢，托在掌心中。

上去了，又能看到什么呢？曾经的赵宋王朝早已埋没在淤泥底下，一层层的时光里，湮没的还有六朝繁华，百代风骨。今天中原大地的花花绿绿，已然和古老的汴京判若鸿沟；望断神州，所有能看到的、听到的，都已经与前尘往事迥然相异。

倒不如仰望，望着一座孤独的塔，一座悲伤的塔，望着淤泥底下的汴京城，依然托塔在心中，在云端之上，做自己的永远的托塔天王。

你三起三落的水长城

都等候了一个秋天。

当你来时，黄叶片片涌起，鳞甲闪耀。

在此之前，水长城已三次潜入湖底，三次探头。

秋天的北方，天很薄，山苍茫，正是龙的一片牧场。

现在看来很明显，三百亩的灏明湖确实不够，连深呼吸都局促。

尽管此时湖水又矮了些，天也抬高了点。

乌鸦的嗓门大得出奇，回荡在整个明代板栗园，几百年了，那是戍边战士种下的树，虬枝曲绕，枝头和地上铺满了黄叶。

其实不影响半岛的水落石出，也不影响龙的跌宕连绵。

有人群的地方都有乌鸦，你吐出的痰也是乌鸦。

毕竟深秋在头顶在四周汹涌。

当你背负云层再次来到北方，阳光像波涛般分开。

腾空的浪花一片片掉下，半途的是黄叶，落地的将冲走一切残渣。

你游弋在山顶。

你三次潜入人世，三次回到心中。

俯瞰，总有一种气势击中全身末梢。

盘旋中的黄花水长城，跋山涉水，龙驰虎骤，怎能忘了那曾经也是你的来龙去脉。

北方的山川啊，将一页页打开，里面埋葬着你不敢遗忘却空无痕迹的一些话，一些承诺。

黄叶簌簌满山。

你此时会记起，湛蓝湖水中，龙的缓缓抬头。

在世间，花开千年方为洁癖

——题海螺沟

海螺声声吹响时，雪山冉冉升起，飞禽走兽密密匝匝挤过来了，目不转睛；太阳也赶来了，一半黄，一半白，转经轮的步伐，其实日照金山不是偶然，冰与火说起来是海螺沟的天生解，阴晴不定是由来已久的表情。

无匹的冰瀑啊，淌下了种种慢镜头，有的浩浩荡荡，有的剑拔弩张，有的高耸入云，有的恣意铺张，各种冷各种酷的姿造，却依然遮不住火热的心，比如红石滩的激情石子，比如山腰温泉的无休止蒸腾，无边森林是深谙其昧的长舌妇。

“你有完没完?”

“打断了人家兴致，就没完!”

在海螺沟，云是足够的多，每一朵云里都住着一个神仙。稍大点的，或许是一家三口。巨无霸的，或许是祠堂或者是议事厅吧。山腰或山脚一溜烟就不见的，估计就是马厩，神仙们那时该出门了。

山间的雾也像炊烟，没有云的洁白就没必要攀亲托熟，路一转，车一绕，也像广场舞的呼啦圈，到处都是。

山脚有稀疏人家，藏民也有，汉人也有。群峰也细腻，点点滴滴，与田间的青稞苗一个模子。

小半码的玛尼堆，随处都有，经幡五颜六色，随风飞。

我有幻听，走不进冰门、冰洞和冰梯，再庞大的冰川也只能遥遥相望，遥遥念。

在世间，花开千年方为洁癖。

贡嘎雪山的微笑，淡然坐定了三百四十万年，漫山的草木，不知都见过哪一代神仙……

茅山访道

石阶，将路标一路导引，又一路尾随，若隐若现。

绿荫葱葱，将光影贴上鳞集符语。

明明雨停了，不经意间，又有水滴滑落在镜片，在鼻尖。一仰头，它们又迅疾躲到叶子背面，抓紧了脉络。

山风吹拂，哗哗树叶若襁褓中的精灵，张开翅膀跃跃欲试，却被母亲的胳膊扯得紧紧。

我快步往前，向阳处的草丛，也有晶晶水滴，仰着小脸蛋，我笑，它们也笑。

怪石里不时有蝴蝶飞出，摇着水彩，不急不缓扇着鸟鸣，远近也有道士出没，都五色斑斓，有时我也眼花。

半山腰的泉水也奇妙，闷声闷气却冒泡不停，不晓得自语些啥，还不往外溢，也才溜达几步，就纷纷往家中抱头鼠窜，不知道是哪家做错事的熊孩子？

山上的华阳洞似一道目光，还深邃，我犹豫半晌不敢往里钻。怕他看透我。那天，我有心事。

可这山里，大大小小的洞却特多，草丛中，松林里。

印宫，灵官殿，勉斋道院、九霄宫里住着很多道家神仙，个个飘逸不凡，不过他们家房子盖得像连锁店，神情大同小异，着装也统一，我也就走马观花中。

至于那些怪异的青砖图案、坎卦符号、横斜院门，我里里外外转了半天也没看懂，后来安慰自己，这么多年都没人破译，我这也正常嘛。

绕过一些雕塑，各路神仙与商业，不觉就到了峰顶，脚下的千山万壑鬼鬼祟祟，来来往往的松涛蹑手蹑脚，我平心静气，手捏剑指，口中念念有词，却突然忘了，这趟上山，是为了驱邪还是招魂？

风不紧不慢地吹，分明读过《道德经》的样子。云雾显然是本地的，只顾埋头蒸腾，变幻着各种奇门遁甲，将茅山真身酣畅淋漓地描摹。

尽管道术不停变形，我却依然能够认出，那些尾随上山的雨滴，它们只是窥视着，这一路沉重的肉身，到底想干吗？

龙虎山注

水浒的青石板撬开那年，天阴阴的，依然是黑气冲天，殿角半塌，夜半雷鸣，册页也还留在第一回合，我也在云游，来不及也没时间赶回。

圭峰、排衙峰、金枪峰、象鼻山、天门山一如既往地雀跃着、葱郁着，从球场刚回的少年人；泸溪东走西拐，媒婆般忙碌，热情地磕巴；姐妹瀑、青云瀑跳啊跳啊，那身材，也没节制；还有些嘀嘀咕咕的小情绪，在潜意识里，在山腰，其实很干净，像纯净水。

比我来得早的人，说这里“千峰竞秀，万壑争流。瀑布斜飞，藤萝倒挂”。那我还说什么呢？虽然也能讲山河不变这样的大词，究其实就是过去和现在大致一个样。可我还是不明白，一种“茄子鞋子”般的摄影脸，还能保持这么多年的羞赧，不能不说奇了。

记得我风餐露宿打马回归那年，龙在左，虎在右，丹砂红，水天蓝，也是有点飘飘然的感觉。可故事里那个似曾相识的女人疯了，在群山间赤身裸体，以天为被，以地为床，以光影五彩为裳，闲来在溪涧河谷随波游翔，忙的时候不过于山间采露摘风，还无所谓，还侃侃而谈。

说水浒里的人都没了！

还带走了栩栩如生的破绽与卑微。

来不及斋戒沐浴，我就嘟哝了声疑问句。

她挥挥手，不耐烦地讲，总而言之，都死了。

她的目光清澈却迷惘。

忘了过程的后来，在点点滴滴的省略号里，人们在插曲的结尾里把她埋了，挂在山崖，说是悬棺，上不着天，下不落地。

有云雾偶尔来探望。

我也很不好意思，故事里的人都走了，一路上都成了白纸上的笔画，我还在指手画脚，虽然以后也会跟过去，草木间，山水里。

不吃素、不炼丹的时候，我也会饮酒。

酒喝多时，心情也断裂，在德兴，在鹰潭、在永修……

镇子的青石板上，偶尔会有深夜的脚步声，有大有小，细微的如星，回响在半空。

西台凭吊

富春江东来一段，西去一截，西台，在中央的最高处。

山，更远处还有，像浪花拍远，重重叠叠涌在天边。水，拉着群峰一路，头也不回地跑，紧扯的风，嘎嘎地响。

空谷有雾，影影绰绰，似白日梦的幕景。

人亦有悲，草蛇灰线，不知从何处起。

草木无边沿，在季节里青黄相接，漫山耸拔，香火般祭奠九百年前的某个时辰。

那天清晨，一个名叫谢翱的书生，登上了国破山河在的西台。那时，应有雾，地衣黯，石阶滑。那刻，柱础崩裂，大厦倾倒，有妖孽身披鲜衣招摇过市，在山外。

上西台的，唯有落寞的心。

他跪拜，他挥竹如意，他击石，他作楚辞，他悲歌，他发须皆乱，文丞相啊！你魂兮归来！魂兮归来！

竹石俱废，火星乱溅，他昏死过三次。

远远近近，有几个弯，富春江水就回几次头！它的呼号，它拽远了天际线，峰峦都低头。

大风也疾啊，在山巅，把谢翱悠悠吹醒，把无数尘埃吹走，大风它从那年吹起，吹到现在。

吹起的满山枯叶，冥钱般纷纷洒落……

故事里的严子陵钓台，已难以找到确切点了。有人说在山中东台，有人相信在水里，望不清的哪一处。那年的谢翱其实看不清，有人无人也看不清，只有江水不歇，泛起的漩涡，不停带走所有沉渣与白花花的泡沫。

——最遥远的眺望，往往伤的是最近的心。

那场无名恸哭后，明末书生黄砚旅也到了西台，背景并无太多移位，心情应是如出一辙，这次他凭吊的是谢翱。

山道崎岖，松针繁密，他伫立的时间已然残缺，能望见的唯有逝去的他挥毫写下，“一从南向悲歌后，仿佛空山有哭声”。

而一个孤独的游人，下山途中，只看到谢翱的泪水，也是富春江的一段，向东去。

悬空寺的美与危险与不确定

悬空寺，空里有色，故而色亦不空，就近了尘世。在恒山峭壁间，佛的合十，一边是凡俗，一边是虚空，都穿过彼此烟消云散。

至于“鸡犬之声相闻”，也远了，此地原为西夏前哨关卡，古来荒蛮野地，人烟罕至，所以老子也能在这安心诵《道德经》，朗朗读“道可道非常道名可名非常名”。

孔夫子面庞倒映在沉思中，儒家说的是经世致用，莫非退休后的孔子要以蓝天为镜，撰《论语》下半部？将天何言哉与巍巍乎唯天再续浓墨？

释迦牟尼拈花微笑，云下的侧影也慈悲；老子的眼眸漠然，目光的直线在山那边谁也看不清。难道，孔子要写的下半部，有人已存了腹稿于万壑之间？

都说“佛生乱，道生治，由治到乱是儒家”，中国人命运的起起伏伏，这三教合一的悬空寺，也算集齐了。

一块儿祭拜，也省事，不扰心。

沿着木梯往上爬，摇摇晃晃的不是梯子，也不是肉身，是人的眼耳鼻舌身意。

都一千五百多年了，风吹雨打了多少载，地震拉拉扯扯了多少回，这感觉基本类属于杞人忧天。

一坨肉身，说起来确实难以免俗。于是我钻过窟，钻过楼，钻过殿，在万佛洞、观音殿、圣母行宫、三霄殿、真武祖师殿里外走来踱去，在几根马尾撑着的廊柱与廊柱间飘来荡去。

为什么要接地气呢？为什么要齐天呢？上不着天，下不着地，只与内心举案齐眉，才是最好的进行时，人世的炎凉，白云苍狗，才于我如衣袖风。

绝壁里地穿行，有时也想着别人的想。

也横着看，也竖着看，远山苍苍，白云泱泱，危崖之上，只有神的存在才合理！

力与美与虔诚的心，才能在功利势力的肉食世道，劈出偶然的人性之美，再用卯榫相接并拓延成必然的神性，故而多少的欲望与情怀都能承托千载。

至于我与拖着的影子，正面看，背后看，怎么瞧都是多余的。所以我俯瞰脚下的深渊，体验悬空寺给擅入者摇摇欲坠的警告，体会凌空蹈虚的美与危险与不确定。

想起上去之前，站在悬空寺地面，仰望悬挂在七十多米断壁上的庞大建筑群，我也有惊叹与探索的心情想爬高。

尾随人群下楼梯时，我还在想，那个太白墨迹“壮观”，是谪仙人俯瞰还是仰望的心境！

谁能告诉我？

驻足倒淌河

向西而去，一意孤行的一条河。

天下熙熙，皆为利来。天下攘攘，水往东去。你们有你们的道理，我有我的主张，我不添堵。

我只往西去，太阳下山的地方。

前方里，有长者的背影，也一路向西，桃花吆喝在两岸，灿若云锦，倒影一一醒来，季节在身后，我不孤独。

别说什么公主的眼泪，龙王的胡须，小龙女的第 108 条河，沉湎于导游词的庸俗解说，其实污了一条河水的决绝，我的执迷不悟，不需要别人加持。

也别说什么西流的水，是没有故乡的归去。

众声喧哗里的曾经地标，已没了温暖的邻里问候，没了袅袅炊烟的张望。那儿只有人造景点，有农家乐，有歇斯底里的导购促销，有似牛非马的流俗传言。

就让茵茵青草送我一程，草原的沉默也空旷，马儿也踢踏，也九转柔肠，也回眸，也此处删去三百字。

——构图里的情到深处！

你居高，我临下。

暮色渐渐沉沦，远方也缓缓绷紧，天与地与河水扯成了地平线。而我，会一直流淌。

三月的风经过上庄

花一边落，一边开。

人走在其中，背着一成不变的天蓝，是可以忽略不计的那种，时间只是往后退。

这是风吹过的一面，让三月飞，让春光有心跳的模样，微微的色差，仿若湖水澹澹，在霞光中，一页页，接山的那头去。

远山清脆，比较浅的那种蓝，却静得容不下一声鸟鸣。

空空的摇晃，只有红与蓝的若无其事，这是风存在的另一面。

有人才叹了花落，就赞了花开。

有的在途中，不归此，不归彼。

也有的并未走错路，只是时而补了留白，时而成了失踪者。

无论时间和人，有没有路过，春的两头总归在花开花谢中起伏，只喜欢各取所爱的是有点偏激。

比如风，尚未吹拂的那一面，在哪儿呢?

此时此刻，风吹过上庄，时暖，时凉，我总是分不清风的正反面。

黑白楠溪江

黑夜凿空以后，白昼一眨眼就溜进来了。

说是久梦乍回，恍如昨日的涂鸦渐次有了轮廓。

湿漉漉的云朵垂着，光影斜披，裂纹明晰，青筋毕露的样儿。

杉树林笔直列队，一排排，西装革履，有点正经，像合唱团的小孩即将上台。

白花花的鱼儿忽地蹿出水面，把青山撞得头尾摇晃，田埂小径只好弯弯曲曲，一直到山那边。

院子里的穿堂风，扑得柳絮团团转，栅栏边跑来的狗儿，也有样学样，抓着阳光的尾巴风儿般旋。

秒针拉着分针，在闹钟心里不停地跑。

才没多久，一溜烟地工夫，不知谁搬来一面墙，又把白天莫名其妙堵上了。

刚刚发生的一切，瞬间翻转成黑色的底片，脉络分明，却看不清。

静悄悄的，沉寂了许久，水滴声也毛孔般粗，睡眠的鸟儿开始说梦话了，可空山里实在留不了几声鸟鸣，其实也没啥好听的，不过是白日的翻版，有时会多点月出，多些乌压压的星垂，露珠的笑咯咯，以及垂花柱和野猫的探头探脑。

以为世界向来如此，像未诞生的婴儿，被无名的慈悲遥遥注目。

沉浸在松涛里的鼾声断续，梦游的影子都有脚丫，紧一下，松一下。

偶尔也忆起阳光里的游手好闲，有时是梦的一种意外，明晃晃的镜子照着惺忪的眸，故事才从水草里游过一大半，不少情节正着急地从山道赶来。

哎，又有人把黑夜叮当当地凿，是有点无奈。

一面生命的白旗

——在黄果树瀑布

穿过长长的水帘洞，在瀑布的背面看瀑布，举手可触的水漂成群结队向下俯冲，光影推搡着光影交错解构，一片一片雾做的翅膀争先恐后。

水声和潮气包裹着的甬道，像漩涡里的一个打摆，又冷又湿的风在耳膜鼓荡，人们穿着防护雨衣，大多流连了几下，感叹了几声，就退到后场，快步而出。

不知站在悬崖对面的徐霞客，几百年前脑中想起的是不是逝者如斯夫？或者听到了源头的蝴蝶翅膀的煽动？还是潜意识里看见了意义之上的一面生命的白旗？

蜷曲的水雾和轰鸣的回音大概数千年如一日，流水的形状除了季节带来的差异，应该说是与时令无关。

光阴于流水而言并不要紧，瀑布的一生究其实在于空间的两端。

比如人的缘起缘尽，即为一生一世，唤作有灵魂的生命，也只有这一程。而拢聚成型前，有语焉不详的路要走。魂消形散时，有冷色的虚空须跋涉。

类属于时间的人们啊，或许理解不了活在空间的尘世。

所以逝去的只是人的目光，一片一片的，繁复多样的，而瀑布因纯净简单而亘古如一。

峡谷明灭，彩虹倏隐倏现，那只是世界与瀑布相互路过的背影。

雅丹城后传

有人才叹了口气。

一溜烟里，就有回音越跑越远。

怪兽夺路，骨骸醒回，妖塔有脚欲行，海盗舰队在乘风扬帆，豺狼变几种形依然飞扬跋扈，虎落平阳的喘息与咳嗽。不远处，教堂里的人群也开始集结，骆驼结队进入广场，狮身人面刚刚蹲回金字塔身旁……夕阳西下，日和月开始交班，雅丹城隐约浮沉在逆光里，在无形咒符的缓缓启封中。

风沙席卷，呜呜的号角响起，有狼烟在遥远年代点燃，洪水开始冲刷，大风涌起将挡路序列撞飞，龇牙咧嘴的鬼怪乘风破雾，黑暗的长袍将世纪笼罩，窒息的人们抓紧骨殖久久喊不出声。

不知过了多久，洪水远了，风声停了，朝阳浮起地平线，高高低低的砾石遍布脚底。一眼望去，垄脊参差，沟槽纵横，风与水侵蚀过的土垣开始有了斯德哥尔摩综合征，渐渐成了肆虐过的魔鬼模样，将就地学着，费力地模仿着，千奇百怪，扮着自然而然的神情，在霞光里漠然地走。

当我进入雅丹城的时候，一阵红，一阵黄，一阵橙，将视线交替迷惑，也有风声在胸腔激荡，眼前的飞沙走石都曾几相识，我想起了什么，又迅即忘了。

一路上，似乎不用跟着导游，也能轻车熟路。蓝天在上，无边无际，有几朵云也是这样漫步中。

日暮独秀峰

霞光如蟹脚，水波里蠢蠢欲上。

天光倒映中，千峰醒回，一花独拈。

独秀峰，是后羿射日未曾离弦的那杆箭镞？是大禹治水时遗落的定海神针？还是李太白独下寒烟的皎洁比喻？

乌云压城时，曾为南天一柱。

众声喧哗时，一定卓尔不群。

烟火缭绕时，向来不偏不倚。

也曾独立苍茫，将穹隆向心聚拢，或者将大地远远鞭逐；也曾王气佐侍，超然物外只是下意识地举手投足，摧眉折腰不过是权贵的事；也曾万商来朝，软红香土里纸醉了金迷了依然鹤立鸡群，说白了只是人世间的一个曾经符号；也曾书卷掩映，郎朗声中把香火文脉绵延，会在乎的是在夜深时能与天地精神独往来。

有夫子圣像在胸，有六十甲子神在腹，有读书亭在肩胛，有月牙泉在脚边，有福泉井在握，有雪洞在心，这样的气质啊！何时何地都在水中央。

人世啊，潮来潮去。

霞帔渐渐满天，涟涟的风，将万家灯火吹来吹去。

独秀峰，只是沉默，等明天。

黄昏红海滩

红海滩，碱蓬草的黄昏一种。秋风起时，天边不觉起毛了，其实不过是碱蓬草的缓缓渗沥。

不是杜牧的坐爱枫林晚，不是李商隐的乐游原，只是似梦初觉的个人心境，发烫的额头业已退烧，猩红的脸庞只需要水天一色。那些年，父母相继离去后，开始留意老人家的优雅举止与笑容，在厅台，在街角，在俚语的聆听中……

在红海滩，知道秋风过后，冬天将要来临，雪也会拔着自己的头发飞奔，也会在冷暖交替时化为灰烬，可我还是看到了人家屋檐下的红灯笼，排排坐。

老年人的羞赧哦，也动人！人世的风风雨雨走过，洞明了起伏悲欣的缘由，依然谦挚，依然抱愧，说一年好景就这几天。

一丛丛的秋天，萦回的碱蓬草的手绘，有些红，有些黄，也有红黄掺杂，温暖的笑容总是不争不执，水流也自在。人沿着木栈道走进红海滩的中央，水草恣意，鸥鸟也不顾盼，起伏着白色翅膀，说是比较，其实也是一种揖让。

男孩子女孩子也多，笑声也清脆，话多了，也脸红。

远山远水，都蓝色，好衬托，镜头转哪儿都成。

都是一种美好，也简约。

只有霞光有些不自在，才浅了点，又深了点。

岩画里的人走了

时辰都揉碎了。

山风也喘息，跟不上步履的灌木半蹲在山坳，打着手语。

远远近近，看不清是瞬间的脱落？还是刚构思还来不及转动的子丑寅卯？或是才打散的从前风暴雷鸣？

在贺兰山，在阳光后来的背面，无数顶着犄角、插着羽毛的大小头颅，双臂鼓胀，筋脉贲张，有的连臂举着蓝天让风吹草低，有的踩着篝火团团让影子载歌载舞，有的在通天梯上惊恐地一步三回头，有的藏匿在两颗雨水间哆嗦。

峰回路转处，也磕头，也扶乩，也交媾，也驰骋，也眺望穹隆，也射出奇形怪状的符号锥住时刻！

出轨的那些，后来飞啊飞成了鸟雀，模样再没变。

“别让它们跑了！”有人高呼，有人跳脚。

回声在翅膀底下左冲右突。

山摇头，云也变各种脸。

都分不清到底是哪个年代了，数千年前的某个来路，一群游牧先人在山中热烈凿刻着，生死和万物的都是素材与背景，构图里人面都居上，有高有低，在天空和平原之间，或者就是灵魂上升的步伐，最遥远的地方是太阳的针芒。

也知道在无边风沙里，悲欢离合将抹去面孔一马平川，喜怒哀乐也融入山脉连绵起伏，沧海桑田会由奔跑的动词跌成凡庸的名词。

连无所不能的时光也束手无策，说不行就不行！可愈风化，愈侵蚀，愈强词夺理，岩画里的精魂愈走回初心！

——那些年的模样啊，或许还要再过悠悠千载，才能水落石出！

我看见时间在贺兰山下拐了个弯，一头向左，一头向右，我看见没有人同时踏入两条河！而河水，在曦光里，脉脉生辉的是同一条……

野柳地私语

一

大雨落在台岛的最北端。

野柳地质园，风干的海岬，不过自然与时间的雕刻事故，那些缺了魂灵也做梦的头颅，那些钟鼓敲不醒的虫贝化石，那些唱着喊着不变民谣的海水，构成了来来往往的它们的世界。

它们的世界里，不肯寂寞的是蟛蜞菊，在咸涩的风中，在雨砸着雨的声调里，蓬勃地举着点点头颅……

二

阴雨天，野柳地，一群女人站在海岸，有老有少，都风姿绰约，前前后后的沉默，皆眺望中。

望不清的远方，无论东海还是太平洋，都风吹浪打，模糊了镜片。

没有镜片的远方，能看见碧波荡漾的复活节岛上，有一群褪色的男人，也站在海岸线，也遥遥相望，无尽头。

这世界上的人哦，只有男女两种，男人在复活节岛，女人在台岛。

中间隔着一条银河。

在无人的深夜，也窃窃私语。

巢湖的痘

说巢湖，岛屿有大小，近观也只点点。

无非一张明净的脸庞长了些青春痘。

别凑近，姥山岛只是不听话的那种，有点肿，有点突兀。

“姥山尖一尖，庐州出状元”。扯远了些？文峰塔，要写，就写巢湖，八百里湖天，一大片空白，正好涂鸦。

跑丢了鞋子的女儿，姥姥还在找。

依旧在对面的姑山，遥相姥山，望眼欲穿，泪涟千行，波光里。

“姑姑，你在叹什么呢？孩子都长大了！”那人说。

不要翻开唐人的诗，宋人的词，昭明的文选，或者春风中的花苞，夏夜里的露水，都只是时间里的痘。

在巢湖中，只看脸色，风浪中的孩子也十八变。

还有牡丹花，紫薇洞，月亮湖……你一路说那么多干吗呢？

当湖光山色平静，浪花和缓，谁在乎什么故事或传奇？

在四月里，所有的痘，统统都可省略！

青春无匹，有青春痘的孩子在迎风，在叫嚣！

人来疯的孩子，细瞧也不少。

呵呵，实在要说点什么，那么，除了温泉里汩汩的水，母亲的凝望，霞光里，你都看到了……

古崖居迷踪

山坳处，半坡劈开，凿成大大小小的石窟。

前后相通，上下相连，左右呼应，人行其中，似乎散步在古人的脑格子里，或者走失在某个默片时代的黑白场景。

灰尘不惊，四壁阴冷，投影像冬眠的壁虎一动不动。这里没有任何文字遗存，没有点滴史料佐证，连村志乡编也没有，何时何人为何而建成了失忆的碎片。

在这样的迷宫里，脚步踏不进任何朝代，只能走在屈膝弯腰与走神的长短里，在一个抽屉与另一个抽屉中游离。

两房一厅，一房一厅，复式大屋，里面有石炕、有炉灶、有窗孔、有壁橱、有排烟道，有马厩细节与转角之间俱合设计美感。周边有大庙，有祭台，也有关隘，如果涂抹上忙碌日子，虔诚磕头，马鸣，以及横刀披风的影子，时间推前一点也好，落后一点也罢，人间烟火里处处都生猛，喜怒哀乐弱几分也栩栩如生。

山外，广袤的华北平原，日子和时辰卯榫般紧紧撕咬，朝代的功名利禄绞肉似急速运转，盛衰的楼起楼塌才按下葫芦又浮起瓢，高速公路两侧的行道树迅疾掠过，比时间还慢的只有雷电与狂风……

爱美，有信仰，有爱，其实安在奚族人、道人、戍边人身上都好，人类的共性，或深或浅的线索遗构，野史逸闻里普遍都有。认真的事，那是考古学家忙的活，他们走在此地，是穿行在中药铺的格子里。

走出石窟的门，护栏长长，沟壑起伏，砾石满坡散布，或匍匐，或侧卧，或仰天，都懒洋洋的，也看不出有没有上坡或者下坡的打算。石头与石头间，甚至能听出轻轻的呼噜声。

草木摇，光斑移，只是为了安慰或呼应我的某种惊愕。

或许，眼前的初夏，也曾收留过某个年代某个人的久久眼眸？或者某个曾经的五月，也曾以巨大的留白，收容过匆匆来匆匆去的隔世蝉蜕？

我转身，依然空无一人。

风吹过背后的崇山，风吹过隘口，风吹过散落在山前坡后的石窟格子，羌笛般呜呜地响。

下山时，几朵云就贴在古崖居的额上，一声不吭地听。

阿里山三代木

很久远了。

那时法显已踏上西去求经的古道，祖冲之在书房里算出了圆周率，中土分成了南北朝，罗马也裂成了东西部。在阿里山，一棵红桧在云雾里悄然破土，并不晓得山外之外的烽烟、离乱、苟且与兴衰，以及庙堂之上血块凝结的宏大叙事。

大约过了千把年，不知是明末还是清初，反正相差百多年也不是回事，这红桧长成了庞然大物。所谓顶天立地，也就是晓得了许多不该晓得的天机，洞悉了许多不该明白的隐秘，再加上千年的风霜记忆。而一棵树的内存，怎能收存如此之多的内容与弦外之音呢？于是，这树说栽倒就栽倒了。

日子悄悄移动，不知过了多久，红桧身上又长出了一棵幼苗，那是托飞鸟翅膀自我指定的转世真身。

两百多年后，二代红桧也成了参天大树。尔后，甲午战败，九州陆沉，穷凶极恶的邻人脚踏军靴来了，阿里山上的红桧在雾里纷纷断头。这棵红桧，也没有幸存的理由。

又过了些日子，二代树的身上，重新冒出了幼苗，那是第三代红桧。这次，也不知托付了什么，反正也是自我指定了转世真身。

阳光明媚的那天，当我来到阿里山的九月，看到了三代同堂的一棵树，或者生命递延的一种葱郁回文，或者不在场者对命运的从容拆卸与重组。

其实，我也没有太多的惊叹。在山下，这座岛上的大小寺庙随处都是，类似便利店的感觉，都很休闲的烟火神仙。有些寺庙到了夜里还灯火通明，那是还加班的神仙们。

后来，到了山那边，在日月潭的凝望里，我躲在无数目光的最后面……

且兰芦笙节碎片

四面八方的芦笙上下颠簸，搅起了一环又一环的深浅泡影。

盛装的苗族男子，围着一个个圆圈又唱又跳，投入的神情，抽搐的模样，似乎魂就是那根捧着的芦笙。

女孩们头上和身上的银饰也随着节奏舞动，碎叶般的阳光与笑容也翩翩，一朵朵的裙叶纷飞。

人潮越来越密集，簇拥着往火塘里添一根根木炭，燃耗着的且兰芦笙节，火焰也是一堆堆地跳跃。

一个游客，突然觉得孤单，觉得此刻自己才是个少数民族。

可手臂却不由自主地摆动，脚也在上下踢踏，与他们的迎财神、与他们的祭祀、与他们的庆丰收无关。

脸庞的抛物线也相似，都有酒神离家出走时的忘情，与醉眼迷离几分。

铜鼓和木鼓敲起来了，阵阵的蛊惑，心脏在雀跃，一圈圈的欢乐在弥漫，在发散。

至于台上的对歌，你一句，我一句，台下的有喝彩，有鼓掌，有和唱。这我就不会了，可男人女人的神情我懂得！不是说我也年轻过嘛。

他们玩的牛打架，不是悠然坐在铁栏杆外看表演，而是在边上拉拉扯扯，连围观的人群也这样。

还好，我把红背包搁旅馆了。

现在，他们拍手，我也拍手。

他们大叫，我也大叫，总之周围都不认识的。

十月二十三日的腾冲

离天堂很近的地方，神和草木一样干净。

风没有颜色，大约几万里，偶尔也轻轻抖动，都看得清。

无言的草色的记忆，沿途总是密密麻麻又支离破碎。

而沉默的裂隙，总有空山浮起，暮景颓然，腰肢闪回几种，万物不便滴答作响。

比如此刻，驳杂里，也能看清，近的是腾冲，远的是高黎贡山，都重新定义浮力的发生。

而落日的更远处，昼夜正更衣，有人起身拍落星相锈迹，将倒影竖起几扇，在针芒对针芒的屏息中，目送十月二十三日的渐变。

也有牛群排队而过，皆旁若无人，溅起的寂静的光，似乎来自几万年前，在缓缓草甸，在稀释过的微弱声谱里，它们边走边啃，没有一种人间能使之惊讶或踏空。

那些层叠的云也如此，说是心事一歇，便为悬崖。

事实上它们都将陆续走远，走到高黎贡山的背面，走出此时此刻的腾冲。

暮色，横的移。

水墨笔架山

潮水退后，一支笔就搁在架上，未干的墨色溅起，云层起伏，海涛虚张声势，风也就一小股。

潮水未涨，一只胳膊从旷野挽起袖子，托起笔架，等研磨，等落笔，等日出月落的缝缝补补，三年又三年。

海水涨了又退，退了又涨，春粘住了夏，冬甩掉了秋，依然不见写字的人，不见笔墨的渍，也不见江山自带的留白。

大大小小的螃蟹骚动中围观，鸥鸟上下起伏尖叫里守候，大海深处的鱼儿仍然屏息静气，若无其事的闪烁眼神像一幅假画。

还有人说，海水退潮后，那座草蛇灰线的天桥，或许就是一幅书法的徐徐展开，岛上的盘古、三清、吕祖，以及五母神仙们，他们往返仙界凡俗的足迹，起心动念的折痕，就是此去经年的水墨。

至于内容，既然岛上的仙人们多是道家的，估计不是道德经，就是逍遥游，或者就是无为不争随潮起潮落的隐喻篇章。

锦州港，渤海湾，云出岫，雾横斜，大海涂满墨汁，有人说听到了，说看见了，第四座无字碑的模样……

红树林三段

——在海口

红树林，低飞的翅膀，或是鸥鸟，或为舞鹤，矮处觅食的鸿鹄，飞翔只是为了生存，搏击风雨也只是为了避让殇离，尘埃里的草，偶尔也惊起浪花几簇。

红树林，退潮后的大小螃蟹，一群群，手挽手横行于滩涂，偶尔撩水，挖大小的坑，与跳跳鱼与螺壳虫玩些抖机灵把戏，小小的欢乐，土掉牙的困惑，没有悲伤。

红树林，常绿，常迎风，惊涛骇浪在这里减速，咸淡不分也能勃发生机，陆地从这里走向海洋，海洋从这里延伸至陆地，它是过渡的一截，与潮汐频频起伏……

千般梵净山

红云金顶，远眺是一柱长长的印石，戳在武陵山脉的最高处。

近观是劈开的两柱印章，一边是释迦佛，说现在；一边是弥勒佛，说未来。

中间有一座云上的桥，梵净山在百米峡谷脚下。

掐指算来，脚下其实也没有太多的幻影错觉。

只不过还有四万多公顷的唧唧虫鸣。

还有行不得也哥哥的杜鹃花满山。

还有一夜白了头的汹涌雾凇。

还有既轻诺又寡信来去无影踪的瀑布云。

说起来，山中奇峰突起的石柱还有老金顶，凤凰山金顶，万宝岩，蘑菇石群，以及行万里路才能读懂的万卷经书，都一副仙风道骨的胚子。

不知道一座山中，从现在，到以后，到底还埋着多少潜规则，需要这么多神仙镇着？

各自天光各自影

——在皖南

瓦片与瓦片勾连将雨水接回天井，屋檐挂满了雨丝，门口小径的石子和青草都淹没了，几股水流清白白地左冲右突。

天色摇摇欲坠，似乎一时半刻都撑不住。

木桥东西，几簇老宅孤岛般浮沉。

看样子，这雨短时间停不了，不妨把这房子再兜览一遍。

返折里，水缸，荷叶，天井，雨声，各自天光各自影。

门框的投影叠着投影，穿堂风有冷冷的手感，庭院已没了游客，廊道把人的触觉拉回蜘蛛网深处，一路上肥硕的绿叶都垂着头，只有屋檐下的花鸟虫兽百无聊赖又抖擞精神，我边走边打量着它们，它们也漫不经心地望着我，似人一走开，它们就能炯炯有神地跳下来，穿过门罩，蹲在旧椅子，换上肖像里的服饰，舞起有唱腔的戏剧几幕。或者披上蓑衣，戴上斗笠，附形着物，在每瞬中景里，修自家颤动的阳气。

不同的挑高、纵深与装饰，搭构着不同的空间与礼法。不同的装饰、对联辞章，折射着主人不同的品味、旨趣与实力。屏风尺外滴滴答答的雨点，帷帐掩映的木头的腐朽气息，后弄的猫的影子，枯枝和青草搭档游荡，苔藓不觉在风里拥挤了些。我漫无目的走过四水归堂，几进端严正屋，老爷的书房，小姐的美人靠，雨亭，花圃，水缸，后院的厨房，仆人的夹道，风火墙，还有院子里的水井，演绎许多礼俗的砖雕、石雕、木雕……

壁上的故事，似曾相识的背景，大都是勤俭起家，筚路蓝缕，几代奋斗，期间中兴，励精图治，成为望族，继而扩建，门风俨然，尔后没落。成为景点的院落里，大多有若干名人肖像，一些行善积德的传奇，一些忠孝节义的卷帙，几章起伏跌宕的族谱，几幅光宗耀祖的匾额，云云。

游客的心情，似乎也会左右故事的染色。比如此时的我，隐隐觉得，马头墙里的老宅，空气有点僵，有股拒人千里的情绪，那些大小窗棂，密密扎扎的光眼，通往楼层的木梯子，都在幽暗的空间里耷拉着，而步伐的回音，晦涩的空白，一路上却越来越清晰，越来越鼓胀。

亮晶晶的雨丝，忽隐忽现的闪电，桃符与石敢当的侧面，或许就躲着等待的魂灵。

那些遗落在史乘之外的故事，他们的晴耕雨读，他们的齐家修身，他们的儿女情长，他们的油盐酱醋，他们的纲常的起承转合，其实并不希望有人惊扰吧。

我打了个哆嗦。

廊道边，桂树下，花落得急，雨也不歇。

“先生，要闭馆了。”一个驼背老人不知何时站在身后。

后来，我站在屋檐下很久，看着裤子贴着脚，一点点地潮湿。

山中小寺

——在岭南

“阿弥陀佛，阿弥陀佛”，烟雾里的合十，似乎从未挪动，不浮不沉，蒲团上趺坐的是一钵光。

菩萨和罗汉们走回壁画，石阶拖回去了，大雄宝殿空了又空，藏经阁里的经书都合上了脸色。

山峦只能沿着佛号层层涟漪，寺外的庭院也空了，山门狭窄了，影壁矮了，石狮子不知不觉缩回脖子。

霞光在时辰里途经此处，转身打了个结，顺手牵走了。

人的心，也扶着渺茫路过。昨夜的莲花探过头来，惊诧的散开的有几叶。

经不起俯瞰的终为尘埃，居高处，比如心动或失色过的某个片刻，比如一事无成的某个秋天，某种痕迹，某种因果，在山巅，在苍莽里，都望不清了。

已是一整日的吹拂，从早到晚，眼睑不抬，沿途的芦苇丛，满头白发，腰都弯成了月牙儿。

想起来，山中的野花，此起彼伏，一路上也没什么区别，红的，白的，紫的，反锁在天经地义的颜色里，连记忆翻过来覆过去也如此这般。

或者这就是命定的溃败一种?

黄昏沉闷得像鼓角，撞得晚霞步步后退，层云也就凝固成包浆过的乱石，纹丝不动。

太阳还未收拾干净，月亮刚刚迷途。

星星只能浮标似的，有一粒粒。

击鼓传花的脚步，亦步亦趋将心情带回山麓。

寺前，一汪水饱满成涛声阵阵，绵延不绝，漾漾的光，回音也相差无几，在夜色越来越深处。

木鱼游走了。

大雄宝殿，烛光点点，禅师点点，在诵经，年复一年。

无题佛图关

佛图关，是一记重拳砸在长江和嘉陵江上。

五指并拢，陡峭。人沿着拳背走，一边江水滔滔，一边悬崖嶙峋。唐的碑，宋的佛，明清的摩崖石刻，刻在指头间，立在指缝里，说各样兴亡，叹各种悲欣。

沿途藤萝垂壁，细瞧是少了些活力，残肢断臂般在风里荡来荡去。也有些虬枝，阴森古怪，色泽晦暗，仿若刚刚从江里爬上岸的鬼魂，受惊似地往岩石钻，把鸵鸟般的尾巴留在山岭间。

旧时重庆，这里是进出的唯一陆路，三面抱江，一线通天，其势如扼喉，其形如金刚怒目。于是乎，张钰、秦良玉、张献忠、杨森等于朝代前后分别激战于此。刀光剑影里，狼烟四起中，多少鲜活的生命，都被佛图关狠狠砸在拳头底下。

江山从来都是可笑的事，他们得到了，他们失去了，他们在一个个名字的背面躲躲闪闪。路过的人，也在气喘吁吁中把漫山云雾看成了诗人的长袖飘飘。

尔今此地籍籍无名，不过是普通的市民公园，未见于官方之宣传册页，可我来此是为独寻旧时的夜雨寺，独寻许多年前的那场巴山夜雨。也就是那时，黄叶连缀，影里的秋风斑斓，西窗靠左，雨滴蹒跚，有人剪烛，有人自言自语，有人倒抽凉气，有人在水墨里把心情捻长，有人将怀念反复折叠存入远山绵亘。

还年轻那年，一个寒冷的雨夜，仗着酒后的灼热，踏过心绪的缝隙，踏过自以为是的悲欣，在放大并拉长的漫漫想象里，录下类似这样的句子："……雨沙沙沙地不停跳跃，急急匆匆，仿佛一个离家多年的步伐，飞蛾扑火般不时拍摇窗门，烛光左躲右闪，窗外的世界以同样的心情微微抖动，一些幻觉穿行于漆黑的旷野。也许梦里，也许还有邂逅，当秋水再涨雨再如墨，红烛再次游弋，我想，在时间的另一个轨道，在岁月交谢的昏黄西窗，我们应会带上各自的微笑，重剪烛泪，在对白一简再简的沉沉宵寒中，共同怀念今夜的怀念……"。

当我登上佛图关峰顶，满眼的围墙、民宅，医院、学校、许多摊贩，油烟，随处的垃圾，圈养的鸡鸭。是的，我也可以没看见。只是一个路人，在下山石阶上也攥紧了拳头。

风吹草木，在途中，现的不是牛羊和目光。

那时，重庆的上空，阴云密布，大风鞭打着长江，鞭打着嘉陵江的浪涛滚滚……

过大沽炮台

登上大沽炮台遗址，逆光扎眼，却锈迹斑斑，下意识站稳脚跟，瞬间想起了虾米。

也有炮筒般的笔直脊背，腰却是弯的。

坊间有笑话，虾米虽小，也算海鲜。大沽炮台在彼时也算先进，“威、镇、海、门、高”，说来一套一套的完整防御体系，也仗立在蜿蜒海岸线上，也临渊据险，也不可一世。但在战胜者的眼皮底下，却连虾米的尾巴都不是。

火光冲天里，血肉横飞中，仗也打了四次，武器不差，堡垒坚固，卒也勇敢，将也不弱，间歇有不俗战绩，可最终一败涂地，帝国的脸面基本泡汤，连炮台本身也被拆得只剩几根肋骨，像年迈的乞丐瘫坐在面黄肌瘦的回忆中。

前方的海河，烟波浩渺，船来舟往把静寂串起，没几个游人的午后，炮台四周连阳光的皱纹都少，掠过的鸥鸟也不鸣叫。

一个年过四十的人，面对此景，此刻，依然怅惘！

依然惋惜如此寥廓河山，某时某刻竟成了某截悲剧的背景。

想起年少时读鲁迅，翻到隐晦章节，总是下意识地少逗留，或者草草浏览。同样，那些与大沽炮战同样的末日悲剧，除了析文需要，平时也是不愿多翻阅，不愿细读，宁可不求甚解。

到如今，年岁已黯，已能慢慢接受这些艰涩，也能沉心厘析故事侧身的事。就像大沽炮台带来的电击感觉：铮亮武器的背面，如果跪着弯腰的族群，已然未战先萎。

当然，也可能是后人的多情通感。那个时代，也早有睿智达者，洞悉了巨舰的千疮百孔与沉没的不可避免，却依然撩起襟袍，勉力去做没有希望没有明天的事！

或许，笔直的炮筒，在他们眼中只是帝国的大烟枪！

烟火缭绕里，能提神一天算一天。

还能怎样呢！又能怎样呢？

流水无声，有点凉的初秋，黄土残垛上，几簇枯草，几杆仿制的清旗，在风中猎猎交错。

天也蓝，也空旷。

石头剐

——于家村记

这里的石子比野草还茂盛。

一眼望去，石砌的屋，石削的瓦，石做的碾，石格的窗棂，石围的院墙，硬邦邦的道路，坎坷不平的街坊，标本般的楼阁，以及阴沉沉的门洞，一串串的，垒起了冷却的内容。

雨淅沥沥下了，只是湿了石头纹路，各种的格式化表情；雪纷纷落了，只是多几层白茫茫的横切面，有时深浅着打酒人的脚印；起雾了，只是回音撞着回音在石缝里的回荡，返折于虚构与事实的面具大都无须年寿。

在井陉山中，太行山深处，于家的后人，躲过千军万马的倾轧追砍，躲过族谱里的家国情仇，躲过了绕口令式的历史漩涡，躲过了评书与脸谱的红白神色，躲进了山峦重叠处一个石剐的村落。

有几百年了，山色绿了又黄，黄了又绿。

千锤百炼终归出不了深山，清白从来不在人间。

粉身碎骨后的石头，魂魄四散回家，徒留一只只眼眸，阴影中，青苔间，打探着路人与街上的流言。

在风的结巴与杂草的错漏百出里。

路人甲，路人乙，路人丙，都只是游客，走马观花中，也指手画脚，也兴致勃勃，也显得比石头还石头。

到此一游的人喜欢听和说的野史掌故都郁郁葱葱。

太阳的头颅从东歪到西，眼眸都跟不上。

“不过是会发光的石头，恰巧路过脑门而已。”街上的石块依然目不转睛，面无表情。

——时候层层叠叠，坚如石垒。

不知何时，于谦的祠，焚香中，有头在磕头。

“咚咚”，那是石子磕着石子的声。

阴影的一侧，左躲右闪……

恩施大峡谷观瀑

遥遥望去，是一仗白云跌落万绿丛中，或者一匹白练撕开了满坡葱郁。

潺潺流淌声也是白色的，在青与绿的罅隙间。

隐约里，有十指纷飞，点点的光，在木叶之上，在溅起的白云或白练之上。

山路蜿蜒，扯来了近观的角度。

我承认，空山瀑布是灵肉同体的明澈，表里如一曾是遥远的传说。

而今，我看到了，她的魂，即肉体；她的肉体，即灵魂。

而这样的呈现形式，让逻辑失语。

时间，也就慢成了黄昏的深浅几幅。

一个失去逻辑的人，只好在漫游中无言，徒步，登高，徘徊，目送去了远方的瀑布，暗察天空是否悄然多了一片霞光。

揣摩云层之下，是否因应一面瀑布的虚词。

即使夜色步步紧逼，鸟兽渐渐走失，水瀑也没休止，月也失眠，凹凸的白练，是暗处的兰花指，纷飞里，山风和松涛都晃脑，群山也危坐。

空谷回音里也掺杂着阵阵方言。

偌大世界，一座大峡谷，我只是一个秉烛者。

一无所有的蓝

——在鲁东

冰封的残月，半晌没喘息，多余的缄默，由目光深处一步步掉入天空。

山麓，松针裹着厚厚棉絮，邻家老人似的，蹲着，抱手，木讷，无语，张望着大海远近。

村庄的农历和新历都下过雪。

山里外冻住了，马车也抛锚了，篱笆替一户户人家打了死结，有的对联撕了半张，有的遮了门神。

一条沙石路通往海边，长长的抛物线，几行脚印像生锈的眸。

波光倒没冻住，只是在沙滩上轻轻叹息，有一阵没一阵的，无所谓，也没有节奏，似乎都是久违往事的重复，一成不变的悠远的日子让光阴步步后退。

月光屏住了呼吸。

这一无所有的蓝，究竟何时，才是尽头？

空山旧雨新枝

——在湘西

山是空山，雨倒是旧的。

淅淅沥沥，一成不变下了许久。

人其实也是旧的，年过四十之后，总感觉身上的零配件渐渐磨损，腿脚迟缓了，反应不够敏捷，动力系统也慢了些。

何况，一个早早退出江湖的人，在这样的雨中，难免无所思，无所事。

山的笔墨隐隐约约，看上去未免复杂。雨的节奏本质上呆板，缺乏变化的往往说没就没了。可大雨翻卷过的山峦，风水先生般一头雾水，着实有几分神秘莫测。

石阶是滑的，有的路标找不到了。兜来兜去几回，手脚也湿了，身上起哆嗦。

一个中年人，经验而言，也是积累了些定力，况且在北方大雾待了些年头，方向感还是有的。

既然找不到路了，与其心慌慌地鬼打磨，不如依靠直觉与经验找路吧。

还好雨没有接着下，风一阵一阵地旋。

有些怪叫声，分不清是什么鸟虫以什么样的心情喊什么。

我认真地听，分辨着。

然后，山也就彻底空了。

几步路，我拐进斜坡处的出口。

壁如地宫

——宣化辽墓壁画录

大凡活得匆忙且妥协的人，生前总会有很多头衔或花冠，比如张氏族人墓碑上的笔画，比如俗世里的诗和远方，后来就成了身后的转折号。

倘若不是对诗的无节制憧憬，燕山下的这座墓园，就不会有晨昏里的鼓瑟吹笙，琵琶犹抱，慢板声声中，那些披长袍、戴幞头的色箔，一蹬长靴就闪出了，香炉烟熏，舞乐翩翩，有人开始饮酒点茶，有人虔诚抄经，有人埋头对弈，有人热烈击鞠，丹顶鹤时而掠过空与空间，伴唱者，读经人，惊醒了一大片，没骨的花陆续开了，竹子还黏在水墨里，石头再皴一遍就会滚落，弹奏者不由得女扮男装匆匆，门半掩的声幽微……

倘若不是对远方的极致向往，就不会在头顶撑开一面穹隆，黄历的二十八宿和巴比伦的黄道十二宫，在华北平原在星空之上杂然生辉，远方随时可以起程，是有人挑灯，有人更衣，有人持戟，有人备马，有人哒哒探路，孩子们眼神亮了，歌声清脆，手脚也扭成姿，主子们扶正了瞌睡的脑门么？

如是说来，身为诗，远方如此风靡，魂灵的梦里依然是矛盾一体。

能肯定的是，古人都欢喜狡兔三窟，想来他们的旧时目光，不会在此地，一定在别处，可能涵括无垠的闪亮的夜，那一轮轮的明月，是人类的祖坟！那儿埋葬着许多不三不四的怀念，那里倒扣着不少虚构的眼泪的生生不息。

此去经年，那时的远方还应有雨夜，想走就走的线索，在亮晶晶的雨丝中，一路攀爬，尽头处，疲惫时，能乘晴后的彩虹，到天际。

遥遥望去，两座浩大的无边的巢穴里，都藏有怎样的壁画与细节，怎样的繁弦急管曼妙多姿，连燕山山脉与华北平原都不值得矛盾?

连一生的正与反两面，也难以悖论或逃遁?

长平之战

——遥望长平故地

四周的秦军已密密麻麻架起长弩，铁甲明灭，森森剑气冷得三千里外的孩子也不敢啼哭，长平高地，火烧云里，我的爱情，已被团团包围。我的后路，一队奇兵正迂回包抄。我的腹部，一支精骑正猛烈穿插。拦腰斩断，我的爱情，首尾难顾，无路可退。

天已黑，柴已尽，就架起最后一堆篝火，擦擦汗渍斑斑的征袍，剩下的几口酒，一起喝了吧，暖暖彼此的喉咙。今夜后，枪林箭雨漫天烽火中，我们的血肉之躯将与更鼓声声赌上一把，无须瞻前顾后，天下事到头来终究水落石出。

对于命运，我承认只是纸上谈兵，破釜沉舟的爱，都知道大多没有结局。可是，谁能告诉我，没有坐而论道，焉有躬身力行。四十万的猎猎真情，谁甘心就如此轻易放弃？且打开天窗，说放过你，放过我，难道不是此生的误？误了的此生难道与行尸走肉有两样？且饮酒，且高高扯起罗帐，挡住霜，挡住月，待这冲霄一战后拥你入衾，沉沉春风中与你云雨颠倒与共。

风已紧，雷电劈破狼烟大地猩红。鼓在催，铺天盖地旌旗鹰飞往返杀声沸腾。刀枪密集交错如潮，利箭呼啸，残肢断臂飞旋。坚壁清野，犬牙滚杀脑浆迸裂层云发黑。轮番突围，车狂马乱丢盔弃甲群山碾成落红。

呜呜的号角响了，天汉星稀露寒。谁的诺言，在一排排冷枪暗箭中无助倒下。谁的眼泪，在一串串清洗那些冰冷尸体。

我的爱情，溃不成军。四十万的锦书鱼雁山盟海誓，在旋踵冲击下，扯起白旗。我的爱情，终于缴械，匐地投降。

都说万物如刍狗！大雨中的长平高地，寂静得只有一种声响，群山俯首，我也需要平静。

演义里的鱼将要死了，网却并没有破，终于到了枯叶狼藉的时刻，一切即将谢幕。我的爱情，口干舌燥，衣冠不整，在隐隐的曙光中，一队队，被驱往连绵不绝的黄土深坑。列队，活活埋葬，四十万的爱情，活活埋葬。

大雪之后

才按住夕阳，又浮起明月，头也不回的群山愣住了脚步。

又举杯，以为此时此刻比尘世实在，浮沉在大喜大悲的底座。

还邀月，还自言自语，还想和风声一路拖走冰河，还看到了水杉铺成的辙影坑坑洼洼，有人在车头腾腾冒汗，有人在路边咆哮。

当一个我发觉又一个我的发觉时，回音里的抛物线已轻如鸿毛，鸿毛片片啊，漫天里，都剔透，都落下，都踩脏了，沿着路标。

在这世间，疾逝也在疾逝，洁白是过程的断片，回忆的质地是走神的挥霍，酒与酒杯是若明若暗的潮红目光。

哦，能饮一杯无？

也就在这个三秦的初冬，时节里下过鹅毛大雪，星光和竹林都压弯了腰。

沿着足迹，穿过寒风，一切原形都冻住了，有人在晃动白茫茫的心事。

近游

雨中的一尊岛

琅岐岛，浮在水中的一片茶叶，江海处，此刻，风吹雨打。

三角梅花湿，神在龛里，巷子深浅，茶汤沸。

孩子们的伞从窗前飘。

不觉过了许久，雨夜又如此细密，一针一线，总须低头勾勒，人无言。

步履湿，红炉暗。

夜风不停拍门，有些事就想起来了，一回头，也便忘了。

然后，听雨声，自欢喜。

自浮沉，自言自语，茶都凉了。

后来的叙述，是一尊岛，在雨中。

二月永泰

养蜂人家不在，蜜蜂也消失在梅花深处。

花的翅在二月里，在永泰的山中，一片一片地飞。

很多花蕊在泥上睡着了，气息还微微的凉。

树荫泼了满地，只是一簇浓，一簇淡，有的裹了黄土，有的粘了枯叶。

其实，远看也只是大片的白和大片的红，比较蓬，有点鲜，在舌的两侧。

不如走近，没几步路，过了石桥的庙宇，也在山里闲着，薄薄的烟在屋檐上飞，不用细瞧也知道不是翅膀。

田埂还没播种，村里也没多少人影。

一个老叟背着草垛在石阶上走。

野花紧跟公鸡的叫声，有一搭没一搭地在山间回荡着。

一个人的闽江口湿地

一群燕鸥绕着灯芯草滩不停盘旋，像一条小狗绕着尾巴转。

忽上忽下的啾啾声，分明有种显摆，有种勾连搭的气息。

一个不是周末或节假日就来到这的人，有什么好担忧呢?

无非闲云，无非野鹤。

在闽江口湿地，我仰面躺在沙滩上，看江水往下冲，看海水往上推，看鸥鸟和水草将世界喧哗，看粼粼滩涂把初夏大片拓印，看一个过客没有寻人启事的孤单。

云才飘走几波，就有不知名的几只鸟，呼啦啦停在不远处，优雅地走上几步，然后昂首挺胸，目不斜视。

好一阵，我生怕自己的笑出声来，惊走了它们。

分明，我看到鸟儿们的眼光，时不时瞥我一下。

嗯嗯，你们装人类的智慧，我就装鸟儿的灵感。

江和海的推搡，我不想劝解，一辈子的邻居，它们的吵吵闹闹，也许就是寻常的生活方式。

一溜鱼儿，时不时蹿出水面，挑衅五月的空旷阳光，我也装着没看见。

后沙的漏网之鱼

云絮掉满了海面，浮沉在后沙的六月。

明晃晃的网。

浪花如海豚起伏，协力把云絮往沙滩推。

木麻黄不约而同往后闪，影影绰绰。

几片鸥鸟清脆得像唿哨声。

缓慢的风车是时间的脚步，不停歇，周而复始。

其实太阳还未落山，早起的月亮一把钓住了天空。

我只是漏网之鱼。

水里游弋的，无论藻草，或是沙虫，还有礁石的倒影，它们的土名儿，我都认得。

双色云水谣

有的是云做的民谣，有的是水做的民谣，若遇晴天，风车摇，云在瓦鳞上磨蹭不了多久，多半在天上大片流过，水也哗哗流过夹岸竹林，带走些落叶。

光滑的鹅卵石道走向远方，印着汗渍，印着阳光，亮晶晶地起伏，那些唱歌的人不见了。他们去了云的这头，水的那头……

汀步偏偏从河床横穿，水便会在石缝里不停激动，喊些什么，大榕树的须不动声色，在年头里看拥雾翻波，在倒影里看蒸汽缓缓成了云，看云朵在阴影里一滑脚跌成了水。

阴时也是好天气，木板老屋有点湿，苔藓有了抖擞劲儿，集市刚散了，打尖的客人背篓上有山货，没卖的就赊给了店家，讨口水喝。

闪电不知从哪座山头冒出，就一下下，像怯怯的小土狗。轰隆隆的雷从鹅卵石道远远赶来，也扯着脖子吆喝几声。

此时的云水谣是黑白的，山里的雾顺便也做成歌谣，竹林在风里一遍遍地摇晃。

骤的雨不久就散了。

风车摇得飞快，水也更湍急。

眼看着天就要放晴，云却慢慢爬过来。

飞红落日

石头有三两块，搭在山颠，约莫有几十吨，不规则，风一吹，就晃悠悠地摆。

夕阳也在山颠，不晓得有多重，也踉踉跄跄地磕脑袋，估计风也在吹拂，也安静。

在棋盘山，我只敢侧身看神仙们对弈，山中时日长，衣袖湿了也不要紧，神都是宽袍大袖，不翻旧历。

风疾，有呜呜声，后来谁都不敢站在中间，怕夕阳和山石万一撞上，轰隆隆的回音，定会惊着下棋的神仙。

那些叮叮当当的碎片，也会掉入渔港，溅起的霞光，把群峰一一焚烧，一一熄灭。

而现在，夕阳浑圆，山巅石头也大块，站哪儿都是中央。

我只好弯腰，不管有没有飞鸟搭理，也不管山花的翅膀长多高，在飞红棋盘山，在没有人群的高处。

早春梅洋

花苞在风里摇，孩子们的脸。

梅洋村的花，自然是梅花，有的半开，有的还没绽放。

我是来早了，进了一个幼儿园。

大班的孩子，不少放学了，熙熙攘攘，在枝头雀跃。

风都比较慢，走的是旧时候的节奏。

留在书斋的小班孩子，也小心翼翼，也彬彬有礼，读弟子规，抄三字经。

很灿烂地笑，脸上都贴着阳光，一重又一重，有的规则，有的没样子。

溪水弯弯曲曲，梅花的影子不少在水里，山的倒影也在，都很朴实的样子，鸟鸣了半天也不动。

是有几只鸭鹅，看见有人来了，便把村子的底色扑哧哧抖出来，无外乎摇晃，无外乎透明。

而梅花，在路人走神时，不约而同往前涌了涌，亮晶晶的脸蛋，红彤彤的气息。

似乎春天，又翻了一页。

太姥山石头是柔软的

太姥山的石头是柔软的。

一群云朵的下凡，披着纱衣，乘风几束，去了福瑶列岛，去了晴川海滩，还去了九鲤溪瀑和桑园翠湖。后来误了时辰，帝怒，就回不去了。

没有一朵石头不是圆的！

沿着台阶上山，一路上奇峰怪岩，都没有空间的紧张感，无论夫妻石、母女情深、双翁垂钓、玉兔听潮、二佛谈经、沙弥拜月，九鲤朝天、金猫扑鼠，还是镇山石兽、石军列阵、仙人锯板，都有着古老的温情，似乎一眨眼，就能回到远古的某个部落，那里落英缤纷，鸡犬相闻，有良田美池桑竹，黄发垂髫的孩子们在嬉闹打骂……

姥姥出来了，她头戴八宝攒珠髻，身披宽袖外袍，手持兰花，不知是从山下的国兴寺还是摩尼寺出来，是个慈祥而威严的旧老太，册页上记的模样是“望之俨然，即之也温”。

她轻声道，孩子们，来客人了，别闹了。

石头都安静了，不作声，后来也睡着了，肩靠肩，背靠背，手脚叠搭着。

眼花的人们，把孩子们睡觉的缝隙唤为葫芦洞、将军洞，滴水洞、犀牛洞、白马洞、鸿雪洞、韦陀洞、莲花洞，等等，空间都不小。

天热时，姥姥还会搬来瀑布泉水，絮絮叨叨，都一些老歌谣，在月光下，野花中，好让孩子们睡得安稳。

偶尔，姥姥也会望望霞光的模样。

那是帝的脸色！却总是晦涩明灭，看不清。

民间传言，帝依然不高兴。

故而李太白落笔时，帝一嘀咕，太白也哆嗦，把梦中烟波微茫的太姥写成了天姥。

陆羽也心慌，《茶经》里写“永嘉县东三百里有白茶山”。实际上东三百里是海，往南三百里的太姥山，这里有白茶。

远近有茶香隐约。

其实我是不管这些的。站在太姥山颠，峰从海平面拔起，水一直流到农历那年，风把心情和晨昏都吹矮，我也像站在云朵之上。

洛阳桥的脚

洛阳桥无非是在江海汇合处横插一脚，又在时间里横插一腿。

洛江滔滔，水浸天光，宽阔河床上于是有了南北坦途，人们开始去舟而徒易危而安，时间里也留下了北宋的筏形范儿。

——哪里有起航，哪里便风雨接踵。

传说深处的石将军日夜望着来往行人目不转睛，没心眼的石狮子趴在栏杆上憨头憨脑，漩涡里的牡蛎团团抱着桥墩战战兢兢，洛阳亲友啊，有没有在其间，如相问，何以答？如无言，何以询？

风起，云飞扬，江上的红树林摇着一代代波涛，白鸥把每截历史的翅膀扑棱闪回。

二圣走过桥头说记得寻求真理哪怕远在中国。

李贽走过桥头说童心说天下人人皆可成圣。

郑成功走过桥头弯弓盘马大旗卷宝岛。

蔡公挥毫泼墨《万安桥记》碑成文章青史。

尔后，刺桐花开了，满城灯笼，十里相送，刺桐港的风帆高高扯起，猎猎旗帜花豹般拱起腰肢，巨舰鸿毛似滑过水面，开始远航经纬线上的五洲四海。

开过光的祈祷总在彼岸，所以月光菩萨的合十久久。

未打马赛克的后来，洛阳桥上的脚步也就匆匆走过元时圆月明时关还有清末的三千年变局，走过民国的烽火连天故园三千里，走到了今日桥面某个正午的对影成三人。

走到某游客的惆怅目光中。

游客的目光也在想象里横插一脚，洛阳桥啊，此时此刻，也有了空间里的另一种参差。

正午的风依然在吹，白鹭飞过桥面，水草漫过时辰，镇风塔不知不觉移过万历年间，在弘一禅师的喃喃诵经声里，说各种平安。

洛阳桥的脚，蜈蚣般爬过水漂……

听经林阳寺

听经的梅花，有单瓣，有重瓣，看上去总是影影绰绰。在二月，林阳寺前的湖水一步步爬上堤坝，额头渐渐泛蓝。

虬髯晃摇，木鱼游过，鳞片也亮闪闪的，有的红，有的白，花瓣落了台阶上下，有的正在绽放，有的还含苞，都是听过经的居士，毕竟尘间信众繁多。

此时拂晓，山那边落满了晨曦，鸟鸣声声堆积在林阳寺上空，光影都有尾鳍。这些都好辨认，单瓣的声音，是尚未受戒的，还须沐浴数日，吃斋几天。

还好旭日初升，山中也就有了虚实。梅花的蕊，都一爪一爪探出小脑壳。在天蓝的偏对角，看得清一边是林阳寺，一边是朝霞。

有错觉的人需要树下站会儿，闻闻花骨朵是有香味淡浓，花萼是黏着香味深浅，指缝里的贝叶经也染着一页页微笑。

朝霞没有，它只是林阳寺幻影的彩排，虽然也有一大片，风吹过时，一簇簇谢了，在冰凉湖里。

鳝溪记

不知谁倾斜了一匹洪水，在河谷，在五月。

在鼓岭的万绿丛中。

有人偏偏把雨后的水珠捏成石头，串成长鞭，一把打在山的脊梁。

山也疼，也哼哼唧唧。

溪涧的鳝鱼游来了，一摇尾巴，也学着鞭打的模样，骨节一串串。

山接着疼，然后偷偷地笑。

山下有个年轻人，从很远的地方来，白马青衫，一杆银枪，他作势望着山腰，半晌没看懂。

这鳝溪，是好欺负？还是好说话？

年轻人爱钻牛角尖，就不走了，安营扎寨，一晃许多年。

每年五月，油桐花就开了，漫山婆娑的白，一点点的气息。

年轻人钻入其间，石缝里，也像一条鳝鱼。

天竹村的沉陷与飞翔

陷入油菜花海的天竹村，确实难以自拔。

即使白鹭一遍遍地呼唤，不知名的野花阵阵摇，屋檐下的灯笼频探头，天竹村里外还是一股脑地埋头四月。

畲乡四月，有女子背竹篓，过田埂，迤迤然。

天竹村依然目不斜视，读春风，听虫鸣。油菜花黄拂远了，有的是一程叠着一程。

春风不失时机扯来了一潭湖水，将蓝天抹上郁郁几缕。

山岭也踮起了脚尖。

表示不理解的还有蝴蝶儿，东瞧瞧，西看看，在草丛里。

村里的公鸡和母鸡却也淡定，散漫地踱，不作声，有时候也努力平衡了下翅膀。

只有漫山的枇杷，挤着黄澄澄的小脸蛋，在偷偷笑。

它们都看到了，天竹村尾的竹林在悄悄摆动。

金黄的翅膀，已滑过日斜与夕食。

有些趔趄的鸡鸣，追着跑。

藏在时间背面的尤溪梯田

梯田是阴晴不定的脸。

也有哭，也有笑，都挨得近。

农人的表情，总这样，在清晨或黄昏里。

没有挥洒，谈不上太迂回。细里瞧，总有邋遢处，比如野草，比如杂花，比如泉流。

云雾也这样，阴晴时淡浓了远山，层层叠叠的，那也是下凡人的自留地。

天光溅起时，梯田的表情是上过七彩的釉，那是神回家的栈道，挺曲折的。

稻田一串串黄，染了风的过路。

如果走得快一步，也只是青翠一片，空濛几处，与群峰没两样。

时间，似乎不再附着尤溪的梯田，或者就藏在时间的背面。许多年以来，这里只有无休止的点线面与流动的空间。

或缠绕，或交汇，或平行，或枝叶连绵。

蓑衣和水牛走回布谷声声的摆荡里……

江山从此，快意天涯

——题天云洞

怪石嶙峋，一些来不及隐喻的鹰狗鱼驼，很尴尬地站着，远近都有，有的故作轻松眺望着海，有的作势推开旱舟欲远行，有的盘膝从容羽扇纶巾。

山颠，许多锅碗瓢盆无节奏散落在石上，在草丛里，似乎一场盛大的筵席即将揭幕，侍者就在天光里，说来就来。

唯独不见有人举杯，风中也不见长袖，草木里也不见耳语者，石头的阴影里也没有，海上吹来的变形的云里也没有。

我摇了摇风动石，在云朵的影子底下，巨大的石头也缓缓点头，可还是没折射任何有价值的线索或默示。

一场空旷的席啊，等了多少载？还无人侧身进入巨石的思索与心绪？

有人说，这原是一块海底巨礁，几万年来徐徐隆起，地球的生理现象或难言之隐。

江山改了容颜，日子废了又新，都没中断过他蹒跚的步伐。从浮出海平面，到成为小丘陵，到成为崇峰峻岭，太阳看到过，月亮也看到过。

那么，山中的大小杯盏，也是候了无数个春秋。

是什么样的主人？或者什么样的客人？还是什么样饮中仙？千叟局？

能一约几万载？

还是天空之上，尚有未曾抵达的方向？

想来，游客散后，玉蟾出时，有人会呼啸而来，群峰之上，新亭之中，舀月光满杯，也煮酒，也当歌，也散发，也酣畅长夜。

明月无尽，大海无边，松涛浩瀚。

觥筹交错里，不谈人事，不谈悲辛，俱言欢。

——江山从此，快意天涯！

那些留着的鹰狗鱼驼，走了的神仙鬼怪，乘舟回航的，也都团团围坐，都举杯。

其他的，都是尘屑，随风飘回来的，还会飘走。

月洲四月天

——谒张元幹故居

月亮缓缓上升时，桃花溪在拐弯处一撇捺，推远了青山。

草坡处，洲圆如月。声折里，水成月牙。人家筑了个弧形围墙，亦呼白玉盘。

飞檐弯弯，月光恰好，看得清，远了的青山是顶乌帽，端坐檐间，此刻正羽扇纶巾，将月光轻轻摇。

呵，那是芦川先生回来了，在四月。

是有沧浪万顷陪着先生归来，在天上，在水中，在汀州，在先生的半月居。

先生本是花前客，喜欢在芳菲深处举大白，五鼓声中拥笙歌，拨琴弦，舞大梦，问山，问水，一生孤行堪快意，万象澄澈睨沧溟。

此时烟渚新酿，沙汀初融，萤火才叩月，远山近水俱入透空，先生撕掉皇历，走出题跋，且徐步，且吟啸，什么议和，什么割地，什么绥靖，什么来日方长，都是一般没见识的迂腐之举！

那年的开封城啊，滚滚杀气从东北来，城垣残破杂草丛生，墙外云梯此起彼伏，人声鼎沸，雷炮火光，矢如雨，枪如麻。残阳呜咽里，先生随李相，提三尺剑，挽强弩，勇当先，血洒城头，旗卷长空，号角声声中将帝国的最后防线接上闪电。

自古忠勇总是使人妒。城解围了，人也被贬了，江山随之也破了，社稷只好南渡了。杭州城里，当人人噤声，皆陷于秦奸淫威时，先生胸怀磊落，依然挟取笔端风雨，砥中流，斥群羊，为受陷同僚击节唱和，将天道接回人心，由此入狱，削籍，放逐，烟波湖海之中，从此摇渡残生。

眼前的月洲，暗香勾兑杂花，梅李白给了逸事，四轮明月冉冉镜像，人行其中，亦如溪涧鱼儿，在凉风中抽象地游，几度圆缺里，不觉化为宋画残卷的一抹披风，不见影兮，不见踪兮。可否，这就是常入先生之寐的故山风物？

且烧烛，且传杯，且向花前醉，且把说过的繁华或苍凉搁一边。先生邀明月，明月也邀先生；先生邀桃花溪，桃花溪也邀先生；先生邀月洲，月洲也邀先生；先生邀半月居，半月居也邀先生！他们碰杯，花也碰杯，从前和现在也碰杯，溅起了星光淋漓灰烬，溅起了丘壑万匹莫须有……

醉了，醉了，先生也醉了！先生的胸中万顷空旷，也有一轮明月缓缓升起！

哦，四月已末，五月将临。

木兰陂岁序

一

远行的人在船上，挥袖。

木兰花瓣纷纷，在水中，在船头，岸边人依依不舍的手势。

宫商角徵羽，天光战栗，柳暗花明里漫出一阙琴曲悠悠。

竹林夹岸，风籁籁，空谷为诵，为念。

以是水在掌心，水在指尖流。

“峨峨兮若泰山，洋洋兮若江河。”在木兰溪，在时空更迭的北宋年间，暴雨初歇，山洪眈眈，三百六十条溪水汇合冲击的木兰陂，使风雷变色，让天地鼓涨，万物蓬勃成狮子吼。

——山鸣谷应，浩大的空空的锣鼓声。

有人淡然微笑，以手指拈花，以条石勾连现身示形，说人间法一种。

到如今。

二

水无心而无敌，故而天下有心的关卡无不被涤荡。

佛随物赋形而缘力无边，所以尘世间佛光普照疏而不漏。

千百回洪峰的冲撞，无数次海潮的席卷！千载以后，万千时日，山崩海涛里，板荡疾风中，木兰陂以铁石心肠，拥抱空谷！拥抱空谷里的柔情似水，拥抱空谷里的水深火热或山穷水尽！昼夜往复的齿轮间，修成了一辙木兰陂的水与佛的涅槃。

至于孙子所言，“激水之疾，至于漂石者，势也”，也是一样缘由，也或为一苇渡江之前传，也或是慈悲的背影，向阳处。

三

在木兰溪，晴光那时，水声纤长，佛法也万顷，津润了莆阳沃野。那年那月哦，芙蓉树下，话本里的美人醒了，庚帖合，花粉捧，红漆盘沉，鼓乐成行，炊烟摇摆如影随形千里。

在四月，木兰春涨，熏风生根，落红浮石陂，许多言犹未尽的话儿都成了失踪者，方向里左手牵着右手，弯弯曲曲不回头，一路柔软了兴化湾。

佛与水的推敲，在木兰陂的此时与彼时，在木兰溪的阴晴圆缺，在兴化平原的正背面，虚空里的一指禅，都不语。

你凝望的目光，若有神，便为香火

——题日光岩

只是几簇奇幻海藻，到了陆上，久了，也没走，被山脚寺院供奉着，没看到香火。

也曾折云为词飞天裙曳，也曾长袖善舞波澜不惊，也曾凛冽为刃迎风斩影，也曾久久合十为苍生无言诵经。

在天底下，在晨昏的霞光里，人影会淡些，喧哗会少点，你可选择此时此刻走近。

有许多石刻，有明，有清，有民国，或诗词，或对联，或格言，各种字体琳琅满目，风采各异，恩怨皆有，吐纳俱全，都在石阶道上，苍苔缝里。

独喜“脚力尽时山更好”，一激灵，尚未抹汗，就到了山颠。

眺望，远远近近，一个转身就有一个你，四面八方的海风吹。

俯瞰，有尘世灿若云锦，人间的欣喜冉冉升起。仰望，有烟霞急剧变团团脸，天上的荔枝总有快马加鞭的性感。

你有泪光，挂在脸颊。你在何处，你何去何从，你于途中的哪一程，你也不清楚，不明白，几千年前的薛西斯在阿比多斯检阅庞大帝国军团时，心率和脉搏大约也如此。

你虽平凡，年华的模样！

你有些晃，也就对了，日光岩原名即为“晃岩”，不过郑氏随手一拆，好比你将10和10上下相叠就成了18，都一般道理。大凡说来，也有些人情世故，不过脑筋急转弯而已，别当真就好。

当然，若时辰不对，还是别上去了。

就远远地观望，有绿荫摇曳的日光岩，可想她的前身本是柔软的。

你凝望的目光，若有神，便为香火。

你的身后，是一望无边的东海波涛，幽幽的海底，有浓雾般的水藻在摇荡。

旗山日出记

雾漫过来了，山有了微醺模样，还有人多了重瞳的黑白配。

岭边草木茂密，细瞧之下凹凸不平，一片片的，刀刃般迎风竖立，在风里，不断地锯开雾水。

山有吱吱声，不是虫儿叫，也不是锯雾的回音。

有人踩在落叶上，也不是这种响。

雾水并没有后退或停歇的意味，如精通妖法的野僧，不喊疼，也无动于衷，剖开后由一变二，衣袖飘飘，继续成群结队前涌。

山峦陆续沦陷，晦涩的石都低着头。

有些远的山颠也流血，留暗红的疤，丝丝缕缕。

时辰到了，寺里的钟声开始撞击，一下一下的，满山追着跑，顺着脊梁起伏。

山中的瀑布像小喽啰，东一簇，西一簇，也不约而同舞刀弄枪齐上阵。

雾的脸庞发愣，是有怔了会儿，没多久就若无其事，无声地滑翔。

也不知过了多久，光影渐变中，灰蒙蒙的天开了，山那边突然举起火红的旗。

似乎冥冥中有人传檄号令！

众鸟欢呼，从四面八方赶来，扑棱着。

群山的刀锋也渐渐明亮，风也疾走，所有的碎石都抬起了头颅。

被切开的雾一片一片倒了，有的步步退后，有的一头栽下悬崖，有的使劲扯住树，纠缠几分，没多久也不见影子了。

远山近岭有了嘹亮的轮廓。

刀刃片片归鞘。

寺里的钟声，也拖着回荡节节缩回。

晨曦里，一个明净的少年郎，骑着白马，举着猎猎的旗。

缓缓走过凌晨五点，走过飞禽走兽的梦乡。

夜走鼓岭

一

青黄不接，在鼓岭的左右。

夕阳下山了，草丛逐渐卷边，树冠沉入水库渐深，马蹄声声才发觉是一种重瞳，月出已在遥遥指尖。

群山在暮色里一分为二，我只好站在阴晴不定的篱笆间，等心思一一落地，云彩横竖匍匐，有的成了花岗岩。

直到飞鸟在时针里迷途许久，峰峦在露水里轻轻晃动。

其实我也和萤火虫一样，目不转睛，等新月，鼓岭也只是一个单眼皮。

二

雾瞬间漫过来，山颠顿时失重，三尺以外都看不清了。

他紧张地说，走吧，还是下山吧。

影子里的人说，再等等。

双手合十，影子里的人念念有词。

雾湿了眼睫。

没过一刻钟左右，雾水逐渐散去，星星依然高悬夜空，草尖的露珠纷纷跳下山坡。

山峦像新剥壳的蛋，有许多。

影子里的人说，是许愿的感应。

他说偶然吧，或者天象缘故。

影子里的人说是真的，刚刚都听见了脚步声。

他哑口，心悚然，方才，似乎真的有步履隐约……

许多年以后，有人才回过神来，那不过是空谷的心跳。

匹岩半日闲

天堂在哪儿?

天空凹进去的那一片，便是天堂。

……

也就在那时，倒垂的古藤一点点往下探，目不转睛。

一棵千年老树缓慢吐芽，抽绿。

半山腰，洞窟里，一座寺，云驮着的菩萨有三尊，俱拈花，微笑。

洞顶的水珠，也点点滴滴往下淌，如匹，如练，从前起，到现在。

在匹岩，山僧遥指远处的卧佛，说雾鳞也换了一季。

满山的绿，也无所事。

茶叶浮浮沉沉，透明的杯，水新沸。

不是周末时分，游人自然稀疏，闲坐许久，竟似走神了，时间也就拉得漫长一路，碎了满地。

而空的山，空心的人，也就腾出了大把空间，有些事，就来了，就走了，就搁一边了，都无须理由，没有牵扯，各自安心，各自好。空的空间里，不知不觉也掉了些许暗疤，有几枚，不可触，或大或小的淡膜背后，肌肤粉红，柔软如前身。

漂过的人，漂过的记忆，撇去浮沫，也就清澈了前因后果，更漏般不紧不慢。

薄雾几缕，黏着肌肤，有些凉。

无所思，在半山的石缝里。

——石头凹进去的那一片，我看见我在冲水，点茶，去沫，闻香，品茗……

古藤也斜着眸，亮晶晶的瞥。

远方，罗源湾的潮汐正一分一秒地往上涌。

月亮是天上的土楼

一

客家人只是做客的，迟早要回去。

月亮里住的那几个人，桂花树，和兔子，也是要回去的。

客家人来自睫毛深处，风吹草低的记忆，比往事还遥远的是漂出水井的明晃。

月亮里的那些人，那些事，故园都出窍了，只能住在代代传唱的民谣里，摇啊摇……

晶莹的泪珠，夜色里。

有的才酝酿，有的已滴落，有的悬垂在风里。

都好多年了。

二

只是时光的落款，田野的注脚，方的有，圆的有，说来都由方到圆。

在闽西，在客家人风尘仆仆的长轴中。

盖章者不管前传写了什么，回合描了什么，后来人注释了什么，他只找合适的留白处。

草木枯荣，人代谢，王朝将相蒿草般割了一茬又一茬，平民百姓的孤茔野坟平了又隆，那么多的起伏坎坷，起草的人索然无味，看官们兴致索然，盖章者犹疑不定。

盖章者也心疼啊，进出的影，悲欣的事，都是他的魂。而事实上，虽说魂儿换来换去，但皆一去不复返，居高处乘风也唤不回。

客家人，说了只是做客的，说了要归去的。

盖章者望了望，身后的夜色都黑了，那么远的路，门都关了……

他的皱纹生，他的龙钟像，他浓浓的老人斑气息。

他独坐月下，月也在穹里独坐。

游人和影子都散了。

天地白卷，一前一后，盖了两枚章。

城村茶跋

天阴下来时，远山微茫，白昼披上了袈裟，空气湿冷，沿途居然有了结霜的手感。

寮内温暖，炉火已旺，绿植才移，人净腕，水清冽，风在外头一直吹着城村的初冬。

你点茶的模样，是宋画上的拓版几尾，有人焚香，有人阖目，有人翻阅《大观茶论》，有人悄然研磨却心事重重。

光线滤色，斜斜的，小心翼翼的那种。

团团拢坐的建盏，案几洁净，鹧鸪斑涓涓，兔毫纤细，客人们都安静，听雨水在瓦楞在檐下窃窃私语。

抹去茶沫，说是春风拂面，汤色橙，索叶褐，大红袍在空里飘起来了，一板三眼，丝丝袅袅，有岩骨的气息，有兰草绽放的醇。说来，也未必是壁上的那几株，也可能是盛装的古典妇人，从皴皱水墨里走出，背景昏暝，时光退后，红酥手，红酥手……

封壶，沸水冲烫，分杯，且斟，且奉茶，几千载的汉城遗址也有份，朱子也不远，柳三变也很近，敬古人三两杯，人走，即使途经九曲十八弯，茶也不凉。

遥望过去，风雨桥已浸入雨幕，宗祠的门都锈了，马头墙倏明倏暗，电线杆正排队快步尾随，空无一人的巷子急着抹去人影，数十口古井像膨胀的雨滴，此起彼伏，在乌云之下，田埂之间，在封壶的前后，似乎刚褪了釉青。

闻香，人的心是空的，也是趺坐的，余烬几缕，飞白隐约，画上的衣冠也微醺，也颔首，也捻须几簇没入风声。

有人开始拨弄琴弦，有点黯，有点淡，雨水也逐渐稀疏，品茗者都三指取杯，回甘也分几重。

你微笑，窗外也挂着彩虹，都翘着嘴角。

天晴了。

重影长坑村

长坑村，深山里的一粒弃子。

弈者的手早缩回袖里。

只留下破旧的檐，灰黑的瓦，太极图的池子，面目模糊的石像生，祠堂，小庙，墓园，说不出机锋的动静线，盘来盘去围棋般的青苔道，燕子空巢里的一窝寂静。

还有穿着木片裙的土楼，有点夹生，有点囧，阳光从早到晚绕着转。

一只鹅笑了，引来一群公鸡的大笑。

湖水涟涟，也弄眉，也破颜。

而忧伤的分行，并不全是散文诗，比如梯田在山里，一叶叶的余晖，不晓得才愠或方喜？

我就这么无奈地走着，眯着眼，撑着树荫，像个长衫的风水先生，倒着脚印走回灰尘里的村落。

只有草坡上的牛，和我一样不急不缓，尾巴摇着夕阳，重影里的瞳孔，与农历一般慢。

山外，寨门和关隘，还很厚，但都老损了，还能挡得住一个人、一卷经？或者一头牛西去的步履？

西去，追着夕阳，夕阳也有明天哪。

群峰在脚底残旧。

野花徐徐，落日徐徐，将黄昏一步步推。

马岚山上“红巾军”

早来一步，马岚山上的杜鹃初开，星星点点的火把才燃起。

山颠，车山府的六公从冬夜醒来，他握长缨，他红旗半卷，他沙场正点兵。

马岚山坡，密密麻麻的红巾军从四面八方汇集，列阵在万绿丛中，旌旗呼啦啦地响。

奸臣难灭，山中的虎行踪诡异，而心中的虎正躲在某个朝代的春天。

带我们杀回吧！马岚山上的红巾军在风里喊。

杀回哪个朝代呢？六公在车山府前捻须自语。

“十年磨一剑，霜刃未曾试。今日把示君，谁有不平事？”鹤发飘飘的军师在吟哦。

杀回！杀回！麾下的兵，齐刷刷振臂高呼！

候鸟已北上，草木正蓬勃。

忍耐吧，忍耐，再过些时辰，或一场雨后，马岚山上必将揭竿而起，叫漫山红遍万象血洗，叫人间的奸与恶马踏，叫星星之火可以燎原到置身事外！

从四月初，到四月末，马岚山里外的虎都溜了。朝代里的山风，此时也一遍遍地明澈。

北峰减字

一

北峰如骰子，光渣里四散开来。

一座没有回音的空山而已。

谁输谁赢，没人看得清。

翻牌复牌，都满指绿意，不停拨动。

也有人仰头。

天空如洗，偶尔有一两朵云，泊在花叶丛中。

后来我出局了，也没地方可去，只好在此收取停车费，生意总不好，云不多。

二

北峰的层叠，也是一种花开。

徐徐舒展的蕊，一卷一卷，比时间疲沓。

有些干花倚着野草，站在阳光底下都笑了。

冒尖要趁早，这么懒散，有谁晓得哦？

在北峰峡谷，在寅时卯刻。

一簇草房，裂的纹理。

清澈的石子，年光缓缓流过。

细里谛听，淙淙的声，每一串都清脆成两回事……

磨石村手札

磨石村，近观远眺，总归是一盘散沙。

古榕的根须包着亭子，反反复复，颠来倒去，连门窗里外都盘根错节，古典的抒情，旧相册里的事，以为去了远方的吴哥窟。当然，回过神来就不这么以为然。

在村里，老房子有些年头了，绸布庄，典当行，京果脯店，旧祠堂，祖厝，石巷子，还有形形色色的新房子，见缝插针。冗杂而成的各式建筑，比街上见到的人影还多，空荡荡的村庄，也不知道谁给谁补丁？

我一路走向田野，也会遇到一些人在庄稼地里忙碌。

偌大一片耕地，沟壑纵横，青黄相接，一茬人老了，又换上一茬，都几百年了。

阳光洒到黄土路的尽头，就是仙井岩了。

换成石子的步伐，半山里就有脚印声声，武安殿、文昌阁、五帝庙等新建庙宇沿路矗立，也能看上一两眼，倒是角落的仙井，古色古香，泛着寒光，也很深，应该还是老东西，说是这里四时水涌不歇，以前人都以为神。

山回路转，是古道，有斑阴，苔藓浓，小野花多，落叶也多，有三块大石平地拔起，人谓笏石，明清官宦的题刻都有，红绿遢迩，我不录，只仰头看。

漏下来的光线也是直的，也蚁集。

再往前，路陡，微出汗，努力一把，到山顶了。此地谓之聚仙台，有古松，有人影，都眺望，刚刚路过的村落，古榕，田野阡陌，远山苍苍，又一一倒着走回眼底。

亭子是新的，石牌注释为“向高亭”，说是明大学士叶向高曾游历于此，反正我没看到。

山腰处，一座新修的寺，旁边有菜园子，有稻草人站在绿里，狗吠有点凶，僧人很和善。

到山颠，有一大片茶园，逶迤的扶手，蜜蜂翅膀的飞，分割着蓝天的线索，养着一些光阴的事。

头顶，有人在上种了几亩云。

水沸时，茶淡时，也能摘几叶芽尖，也没人管。

崇武古城闲话

台风盘旋时，海里的鲨鱼都穿上了鬼魂的外衣，裹挟着黑压压的怪叫声，铺天盖地碾向海岸线。

千万万头鲨鱼露出了獠牙，崇武古城也露出了獠牙。

锋利的垛口，死死咬住乌云上空的獠牙！风可以进来，雨可以进来，唯独海浪不能进。

僵持的日子总会有三两天，惊涛骇浪是不信邪的，崇武古城也是固执的。

人们躲得远远的，过程里和后来都发生了什么。台风过后，崇武半岛不吭声，崇武古城也一如既往地沉默着。

只有惨白的月亮，睁圆了惊恐的眼，无言打量着若无其事的垛口，沙上的残枝败叶，冲烂的田埂，掀满地的瓦楞，倾覆的牌子，以及东歪西倒的人家。

当然，也不是说崇武古城就那么横，碑石上明明刻着东海和南海在这里分界，可海里的鱼儿和天上的云朵偏不买账，有时从鱼儿从东海游到南海再回到东海，有时云朵一脚踩在南海上空另一脚踩在东海上空。

崇武古城好脾气地趴着，垛口鱼鳞片般服服帖帖，海浪也缓缓拍打沙滩的肩膀，不知道都安慰些什么说些什么。

好天气时，空气晴朗，大片礁石上晒着青苔和阳光，密密层层的螃蟹和海虫子四处溜达，海水不约而同把蓝色退回天空，过路的船偶尔会拉响汽笛，不羁的白鸥时不时把太阳扑棱溅湿。

老旧的城门终日敞开，进城的亚热带季风虽然有点咸，但也是和颜悦色鱼贯而入。石子街上，香火处，城隍庙、关帝庙、崇报祠、天妃宫、恒淡庵、思德祠、东岳庙可以逛逛。红砖厝拐角，老人家的话里，戚继光、郑成功的故事可以听听。连墙商铺中，朴素招幌下，这里的鱼卷、卤面还可以尝尝。

就不要攀亲认故了，此地人不多，姓氏却有点杂，崇武先民都来自五湖四海。也不要打听崇武古城那些翻脸如翻书的传说，血与火淬炼过的来龙去脉，埋藏在几百年前的明朝时光与后来的烽火里，性格深处的基因，只存于船帆和季候的背面。

新月一弯的沙滩，现在是崇武古城的表情包，微微的笑，好客的闽南风，以及花枝招展的惠安女，偶尔出没在木麻黄的婆娑里，影子有时也会把阳光的裙摆撩起。

还有山中的草木，新石器年代的遗存，不约而合中，都一成不变将枯荣过成日子。接受因果布施的崇武古城，许多年来，也认得浪涛历历摊开来的大同小异。

探花七里

七里村，倒是有很多妖娆的民间传说，在浪花里出没，在雾岚中起伏，可水一转，山一折，我都顾不上了。

有从天而降的自然风物，谁愿意搭理故事里的微言大义。

渡轮靠近，跳上码头后，我只认得磕碰的野花，挤咕的水珠儿，旧厝的窗花与剪影，还有画里的竹子摸索到了水边。

跟着凉风走。

迎面端坐的探花府，大宅子，庭院深，飞檐交织，榫卯相接，说是出过大人物，有来头的那种。

石阶长长，圆滑，均匀，粘着露水，说是古时的驿道，杂草与苔藓纠缠岩缝间。

再往上走，已是气喘吁吁。

石头也是，那么剧烈的动作，一直绵延到山深处。

菜园子四处都有，绿油油的，没有杂草，打理得都很精细。不是景点的地头，人家住着，窗门半掩，衣裤晒着，锄头和畚箕都有，问路也亲切，会热情说进来喝杯水吧。

鸭鹅摇摇摆摆地走，竹篱笆也挡不住它们的觅食热情。

还是有不少蔬菜和花草不认得名儿，有些尴尬，还有自嘲，可依然有满兜子的欢喜。

不知哪家院子的公鸡阵阵打鸣，然后村子里此起彼伏地响，大大小小的旧房子也接踵摩肩，木构的，土砌的，土木混合的，都呼应着山间的片片木叶，哗啦啦地扯脖子。

有的还撞晃在一起，我是看不见，可鸭鹅能辨得清，它们惊讶的目光里有撇捺的痕。

村子的白马尊王庙，伏虎亭，我前后兜了圈，努力想象着这些名头的来源，老的版本，旧的套路。可没有碑刻的掌故，怎么阐释都失真。那些遥远的虔诚与膜拜，今日的想象再怎么逼近也没谱。到后来，我只描摹着汉字的美好，心情的跳跃，无关于老人家嘴里的缺牙传说种种。

说起来，畲乡的人，都热忱，歌一曲，舞一曲，山也是，水也是，那些三月三的出走，男女间的事，只可意会。

言传？就免了吧。

下次说，下次说。

说路有七里，红灯笼晃悠如影随形。探花，探花，迷途者都讲眼熟。

有人却怀疑，晴光下，阴雨中，哪种野花能抽象七里之遥？

山肤水豢之霍童

说起来是很奇妙的一件事。

霍童五月，我居然一路拖着口是心非感。

我想说的是，霍童既像被重重渗透的水墨画垫，又像没晾干带有湿气的水彩。可起初的印象其实是粽子！念头入心时，当时就吓了一跳，还会心一笑！不年轻了，也没喝多少雄黄酒，怎么会有这没来由的无厘头呢?

定下心来，楼台也近水，在霍童的鸡鸣声里，山谷的风一遍遍催促，我也开始细细撩拨这感觉的来龙去脉。

怎么说起呢?只能顺着潜意识，沿着龙舟的锣鼓声，回溯胎纹的皱褶，有一搭没一搭讲吧。

绕了圈的霍童，粗看是一团疑云般的绿，是跌落记忆深井却爬不出的迷宫。细看呢，是柏步的松风阵阵，邑坂的原始森林，外表村的小桂林山水，还有漫山的毛竹，冷热不匀的绿，翻开一页，又是一页，估计那是印象中荷叶般的索引，说来绿的门槛就是杂。

街上的路和渠，隐性内置成笔墨纸砚形状，密集的青砖大院，旧旗杆，土围墙，木构老屋，雕花窗棂，旧匾额，老牌坊，鱼鳞片般的瓦楞，文昌阁，武胜庙，杂货铺，小酒馆，摇晃的红灯笼，人在其中，有回折般的迷惑，似乎有点糯，有点软，有吮着手指的低头模样。

至于霍童溪，渡口里的事，碎碎念的码头，弯弯延延的风，蜿蜒的缎带，就像绑粽子的艾草，捆住了霍童，把饱满的绿，挤成了姑娘的初夏五月，和尖叫。

众人夸口的霍童线狮，说是会跑会蹬会爬山，得看紧点。霍童铁枝的人偶花枝招展，都是有魂的，要握紧线索。霍童的“二月二”灯会，人声鼎沸，也适合人约黄昏后。还有出没在传说洞穴中的周朝真人，仙峰庵的摩崖石刻，以及天冠菩萨现身说法的支提山，都云雾缭绕的处所，仙人们的宽袍大袖一抖就是几千载，可这些地方都赶不及去了，它们明显有典故的，说红豆也好，说大枣也好，说肉丁也好，虽然朴实，都是可咀嚼的料，民俗里的范都接地气，都微醺。

那时我只是在想，既然是一颗粽子，山肤水豢的事，在这五月，应该扔进天光里，在九曲十八弯二十七滩的霍童溪，似乎有个路漫漫其修远兮的人正一路吟哦，正远远跋涉，正上下求索于泛黄册页里。

霍童也应在水里，在水中的霍童不会老去。

——那是霍童的气质！有信仰沉浸过的故地总是山环水抱。

耳边隐隐有踏歌声，“惟草木之零落兮，恐美人之迟暮”。这样的霍童啊，适合这样的旋律，在这样的凭栏临风。

哦，谁带来五月，谁就请举杯。

我听见有水花溅起，惺忪的逆光，是五月，还是霍童？在镜头的长短里，“扑通”……

蟳埔村故事

一

盘头插花的女人从街角走过来了。

大裾衫，宽脚裤，耳垂还晃悠着丁香坠。

在晋江水岸边，在蟳埔村，密密麻麻的蚵壳墙，说是船员们归航的巢，蚵壳厝是，女人也是。

蒸喜蛋，汆鸡蛋，换肠肚，煽干家，过黄昏，过清晨，人家换了一茬一茬，街巷也多了琐碎的嚼舌根子，有些大厝插了枯草，在风里摇。

有些妇人牙也掉了，眼也花了，针线也抖抖索索缝补不了，蹲在夕阳底下，长长的影子，等儿女归。

二

蚵壳厝渐渐剥蚀，有的残垣断壁。

灰黄的脸，皱褶里存着分秒的循环。

老态龙钟的身躯，哪能挡得了风吹雨打。当年的事，是有些，都过去了。

既然来自大海，骨子里还是汹涌着波涛。明月升起时，依然夜夜听海，独撑一片远去的帆。

在暗里，潮汐无休止堆垛跌宕，那是蚵壳厝的前身。

三

听过海的心跳，所以理解尘埃的委琐。

冬暖夏凉的蚵壳厝，是水手的从前归帆。

从前的日子，造大船了，生孩子了，娶媳妇了，做寿了，或者人家生病了，蚵壳厝里有很多嘘寒问暖的走动。

老人过世了，也有红白灯，大鼓吹，魂轿走，鞭炮声声，灵幡后面亲人的影子紧紧。

现在不是，现在只是用来参观的样板房，有的还是新盖的。

剑池的台风十三级

最后那把剑已淬火，剩下的火星一甩，火烧云层层燃过之后，池子空了，鸟兽散了，冶山上的叮叮铮铮也卷成一团，垒成有节奏的断层。

树荫与树荫的碰撞声里，总有一些回音，没怎么客气就让出真身，一路尾随欧冶子大师骑鹤远行，从此行踪悠悠。

天阴下来了，垂悬着层层披风。

台风跟着来了，有十三级，太平洋也搬到了福州城，云层鲸鱼般翻滚起伏，天空三两下抽搐，雨水瞬间崩溃，雷霆万钧从两千年前一路捶打而来，越过海峡两岸，越过连绵北峰，在三坊七巷的上空，隆隆作响！满街榕树东拽西扯披头散发，三山两塔束手无策掩鼻而过，左旗右鼓抱头屈膝蹲入墙角，暴涨的洪峰让天际线不停喘息，闽江水歇斯底里并撞得大海也歇斯底里。

再没人见过大师在地球重心的哪一侧，他的传说衣袍，他的故事肉体，他的挥汗如雨需要哪一条江河不回头？也没人知道，火光中，池子里吱吱淬下的最后那把剑，是湛卢？是纯钧？是胜邪？是鱼肠？是巨阙？还是弯月如刃只劈万古星空？

雨幕里，有人看见，山倾，水疯，众神归天，有个卧薪尝胆的人手握纯钧，指苍天！

雨幕里，有人看见，雪衣刺客从鱼腹中抽出寒刃，裂眦怒发，刺向吴王僚，刺破春秋的诡谲风云！

雨幕里，有人看见，始皇回击，荆轲死，巨阙出，鱼龙屠，谁与争锋！

雨幕里，有人看见，一寸长，一分邪，阖闾捧胜邪，道尽，凡尘殉，鬼神号啕！

雨幕里，有人看见，一剑劈空，天地摇，巨石开，星斗避，岳武穆的八千里路云和月！

雨越来越密集，嘎嘎作响的街巷交错夺路，大大小小的水激凄厉呼号，亿万匹受伤野马扬鬃狂奔，三千年变局洪水滔天耸立，板荡疾风里，闪电一把把插在剑池的上空！插在福州城的上空，插在马江炮火的上空，插在虎门销烟的上空，插在菜市口的上空，插在黄花岗的上空。

太平洋与一口剑池的遥遥对峙，寸步不让！在福州城之巅，在眼神的无休止漩涡，在诱人纵身一跃的黑洞，在魂灵也过分的七月。

鱼梁骨游走了

鱼梁驿馆只是个遗址，重檐的亭，漆红的柱，复古风格，新修不久，周边驻足的人并不多。在那儿，林木森森，蝉鸣不休，空气闷热，四处洇渍着发虚的绿。

沿石道，出驿馆，往前，即走向中原第一段路途仙霞岭。入了此驿，没几步，就进了闽之崇山峻岭的门。

入门为虫，出门为龙。就这样，有人在驿馆的里外走来走去。

山，还苍翠着昨天的苍翠。水，正流入明日的清冽。古道，却一直与时间遥遥并行。

一一浏览着旧街、驿馆、马坪、伙房，以及护坡、石蹬等遗构种种，有人努力想象着黄巢率十万大军开山七百里入闽的浩浩荡荡，那年那月啊，有大雪的节奏。

在这里，蔡襄辨认出有物皆白寒鸦惊飞的那个拂晓。

在这里，刘克庄收回了一场山云如炊前的春雨水瀑。

在这里，陆游拥篝炉独自涂抹迭替五更听雨的醒回。

在这里，韩世忠挥兵破关力擒敌酋扬鞭饮马红缨飞。

在这里，徐霞客、林则徐、袁枚、赵翼先后踏出步履，勾勒着各自命运的皮相，追逐着一无所知的前方，以及回忆里一遍遍重新燃活的消逝。

历朝历代进京赶考的士子们，往返履命的官宦，车马熙攘的商贾，流离失所的草民，以及蒙古人的马刀，清朝的马蹄，都曾以不同的键盘哒哒敲打过这里的脊梁。

烟墩有火，校场有影，脑海里的衙门走出威风的千总、把总，他们挥舞战旗，指挥着密不透风的步骑兵在操练，在攻守，在齐声呼喊着铿锵口号，在大踏步向前，在用力把虚脱填充。

似乎再使把劲就能从影里窜出来。

或者只缺个把油门当刹车的阴差阳错！

或者那些人那些事就在影那侧安营扎寨从未曾离去？

树荫下的走走停停，还遭逢一座妈祖庙，有些年头了，带着自家的气场，香火说是旺过，来往的商贾都磕头，庙里之前有根很大的鱼梁骨，如今不见了。

眼神的前方，是信江；后头，是闽江，都水流有声，不晓得鱼骨究竟游去了那一支？

遥望着时间里南辕北辙的龙与虫。

遥望着百年之后依然打磨着吊客与游客的驿道。

有人遥望着鱼梁驿里一个影子擎着肉体进进出出的遥望……

互文大金湖

犹如竹竿戳在河床，筏飘起，山往后退，云也在追，两岸枝丫不过是风的解构。

年轻时的我，乐意把时岁描为春韭或者秋菘，觉得一生几乎是陌生词汇，乐器的曲子迟早会有手指在时日里拨动。

倘若引文是夏，凉风就应该远路赶来还不能停歇。倘若括号有冬，也应有雪飘还能行舟浪劈开还不能疼。

尽管水底的鹅卵石会响动，竹筏会摆晃，蓼草会渗入倒影，河流的文身四散流浪，人也会紧紧抓住扶手。但那时怎么会想到，世间什么样的伤害才不会不由自主麻木？

应该说来，鹅卵石确实只藏有自己的平静。

可许多年过后，此时此刻的我为何有隐隐难过？

同行的人，有的是先走了，有的找不到了，有的见了就再也不见了。但影子在相片里都在，那时的低眉，那时的开颜，那时的波光碎影，那时的山风披沥，那时溅起的水花，还凉凉的。

撑在河床的竹竿，历历在目，还那么使劲，鹅卵石在水中使劲躲闪着，骨碌碌的回音，一串串的。我捻着，喃喃自语。山风把过往的头颅一粒粒加持。

而这样的低眉，这样的心绪，还能有多久呢？

这样的时辰，这样的竹筏，山还在退，云依然在追，偌大空谷，悠扬山歌里，有人戳着一个个老去的心窝，滑过大金湖。

白云苍狗的证词

——在白云山冰臼

是时间落下的哈欠，是白云苍狗的证词，是上古冰川的脚印，说好了来不及跟上的步伐。

白云山冰臼啊！或许，是亘古以来蒙面而行的线索，是水落石出后不得不告诉你的日子的疤痕。

那么，倾斜而下的山谷里，卵石翻滚，水声低咽，风一遍遍指认着种种流言，绿树一路把阴影参差遮掩。

总归是滴水穿石的痕迹！在柔软的水面前，又有谁能竖起不可一世的旗帜？书中或现实以上，唯有让道，或左，或右，或早，或晚，如此而已。

正午时分，一只蝴蝶飞过峡谷……

有些醒过来的灌木又睡过去了，都侧着脸庞。

我沿着冰臼由下往上爬，仿佛逆行在时光隧道里，坑坑洼洼的石臼，颠簸起伏在光影里，有的枯萎却龇牙咧嘴，有的诡异凶险又移步换形，有的圆润如珠如盘如鬼眼不眨，有的满腹心事依然条清缕析，有的众叛亲离却一意孤行。

——有的比一江春水走得慢，有的比江山千里走得急，有的与大同小异的命运勾肩搭背。

路尽头，回望里，大大小小的冰臼挤成团团皱纹，无言打量着一行气喘吁吁的不速之客。

细草缠着枯枝，在石头的某个歇脚处。

无数光年的时间里，我正走在哪个偶然的秩序？我正走在哪个失序的必然？或者，还需要多少个偶然才能与必然同行？

或者，一个人踩着感觉与直觉能走多远？或者，走回内心的途中有多少想象能翱翔？或者，谁又能慢些再慢些，让我再看一眼时间的慢镜头？让我看清一些过程忏悔一些事后悔一些可能？

这是盛夏时节，满坡垒石爬满心跳，草木清香替断岩交换几缕哑语。

有些钟声遥遥回荡，在耳膜，在冰臼。

雾在海拔，让群山飞来飞去。

虾姑洞沙滩

长长的海堤，弯弯转转连着一大串无名岛屿，路边芦苇夹道，海浪喧哗，都举着白生生的手，列队欢迎远途而来的陌生人。

大迂回半岛的凸处，再绕过坑坑洼洼的黄土路，穿越一溜儿旋转的风车阵，绿油油的滨海草场，三两废屋，到了一片半月形的沙滩。

这里是半岛的顶部，山势起伏，山上的岩崖炫肌肉般随处横亘，灌木茂密，龙舌兰稀疏，马鞍藤倒是挨挨挤挤，还举着一朵朵紫色的小花。

坡缓处，几块田地横斜，有的种番薯，有的种花生，芦苇丛随处歪斜。

地头上有两三黄牛，老半天不动，尾巴摇着远方。

海堤上极目，水蓝，浪轻，天空也自然调深了颜色。

人在其中，成了一米粒。

风是没有停歇的意思，瀑布般吹过，鼻息里，发梢下，唇舌边，有淡淡的咸。哗哗的声索里，掺杂着海鸥的几尾问候。

沙滩结实，绵长，水清浅，赤脚而行，脚印将心情一路拓版。回头望去，这世上的立身之地，居然也可以这么渺小，就两串。

退潮的滩涂上，几个渔人戴着斗笠，穿着雨衣雨鞋，不慌不忙打理牡蛎桩，都低着头，不说话。

嶙峋的礁石，几艘舢板，海浪平静，贝壳和海苔散落四处，似乎它们才是这里的主人。

搬开沙上的小块礁石，受惊吓的小螃蟹四处流窜，有的才跑了几步，见我不动，就趴着装死。我一晃影子，就急急起身，跑得欢快。

还有咩咩叫的山羊，山中的乱石，也在不远处走走停停。

一个陌生的游客，闯入不是景点的村庄，我没感觉到太多突兀，自以为老马识途。

问起这里的大名“霞湖洞”，渔人笑了，说这叫虾姑洞。

再问，洞在哪儿呢？又一阵爽朗大笑，这只是个地名，没有洞。

渔人很热心，帮忙指挥倒车，却粗声粗气，不明白的人以为生气了。

他们的说话方式，我懂。还有，这里虾姑也不是姑娘，北方叫皮皮虾！

“是来旅游啊？”

“是的，这儿风景不错。”

“以后开发成景点，你们再来，可能更好。”

渔人的脸上有憧憬感。

如果成了景点，这里可能就变了，包括沙滩的寂静，古铜色的笑容，以及虾姑洞的来龙去脉。

包括陌生游客的心情，一个人的天高云阔。

我打开车窗，让海风吹。

风是蓝的，从眼神吹起。

云在远方，高高低低，秀现在的、过去的、将来的各种发结……

燃烧中的天堂倒影

——霞浦滩涂记

时间的隐晦之美在霞浦。

霞光里的滩浦，竹竿，渔网，浮标，舢板，小水道，网箱，赶海的渔民，星星点点的岛屿，翩若惊鸿的海岸线，在光与力的摇拽下，编织出扑朔迷离的经纬线，溅起的浪花是太阳的眼眸在跳跃。

——那是时间的质地，时光的旧模样。

光阴，也就匍匐下来了，一丝一线的心情，半遮半掩的皱褶里，有了回光返照的斑斓色块，有了苍苍来径的虚实肌理，有了久别重逢的阡陌井田气息，有了晴耕雨读的水墨碎片，有了燃烧中的天堂倒影。

霞光里的滩浦还是一头秀发，初阳下，黄昏中，长发在风里飘起来了！粼粼波光哦，曾经怅惘过的荡漾青丝在水面，鸥鸟惊飞，潮汐涌起，你爱过的女人正回眸，你的心跳正怦然摇骰汪洋恣肆。

时间的第四维在霞浦，关于温情，关于爱，关于从前，关于不言传……

东张湖与石竹山的媒妁之言

早抽芽的，先托梦的，就先伤了初阳。

一阵阵的喘息，春风裂，东张湖的波澜爬满了几百里的蓝。

一座大山，斜倚在一潭水里，悠晃晃的，也不着力，有谁不背痒？

风里有人长吟：蒿草霏霏，松柏离离。

尔后，梦醒者侧了个身，看见水托着青山的腮，青山抵着云的下颚，倒过来倒过去看都彼此镂空。

还有火球花、卷耳、山樱、桃树和油菜花，山里外都有，都披着唇齿相依的影子，薄雾不知不觉漫过三月的肤发。

春只是低眉，手势里让邻近的峰峦先作声。

结果还是山的影子早出镜。

摇摇晃晃的小脚的媒。

说是想了法子抚慰东张湖，你蓝就蓝呗，只要把牛犊的叫，毕剥的香，蒸腾的水息，落英的脚丫，淡些再轻点。

芦苇丛像睫毛，一眨一眨的晨曦。

人家的脸红了，卡在山岬。

喘息，又紧了一阵阵……

老君岩读注

掀掉身上多余的赘石，就成了道，非常道。

掀翻后人加盖的殿宇，就成了顶天立地的太上老君。

——“老子天下第一”!

那年那月，老子骑牛出函谷，过大散关，渡流沙河，春风三步并作两步也赶不上，秋月只能在身后如影随形，雨水渐渐有了道德经的节拍，惊雷和闪电流落到人间后来就成了晨钟暮鼓。

也不知走过多少个故事版本，拐了多少道人心的弯，翻过多少座人性的山冈，才由传说里“由楚入闽”，在泉南佛国里天开一处。

东海的波涛在这里掉头，南海的浪花在这里止步，在清源山西峰，有人以柔软飘逸的线条，从容勾勒出宋人的简约骨韵，溯源天真、质朴与平淡的大道之美。

老子有苍髯，驱逐过吹拂过多少金木水火土。

老子有微笑，山峦的莞尔感应，海水的粲然身影。

老子有凝望，多少熙攘后人，时光里追赶成了前人。

老子有不变，尘世在代谢，有约不来的都在落叶深处沙沙转身……

樟脚村秋事

虚空补齐，就更虚了，剩下的石子也就丢在传说里了，有的洒落在闽南山中，一棵更老的樟树底下。

一点，两点，三点……

八月，稻田的眉边，叠彩石子把时光垒成褐红、土黄、藏青、灰白模样，由点，到线，到面，熠熠交织的石厝、台阶、天井、街巷，在光影里，时明，时暗，小脚女人般叮叮咚咚地响。

也有老人家，像墙壁剥下的苍苔，在巷子深处颤巍巍走过。

在某个转角，突然的鸡鸣，把村庄的初秋整盘打翻。

木瓜树不由自主地哆嗦，好一阵，镇不住自己的影子。稻田的声音倒灌过来了，噗嗤嗤地滑入人家深处，也不分方向。

偶尔来此的游方术士，半天也找不到老樟树，然后就说樟脚村其实只是占卜的一块通灵。

另一半不在人间。

占卜的神灵睡着了，在树荫底下。

稻田里的水渍，书签般摆放。

游方术士说，人家都过小日子，不讲那虚空的事儿，甚好。

翠屏湖行纪

晚归。导航规划的 304 省道，失修已久，一路上尽是坑坑洼洼。许是新开的路，还未纳入系统吧。

颠簸了一段，不说话。交叉路口，又走错了，在掉头与重新规划中，掠过许多陌生的苍翠，无名的碎片，莫名的浮想。峰回路转中，芦苇花摇曳，山高处，翠屏湖贴在时空的另一幕帘。

遥望中，天低远，夕阳滚圆。

文笔峰、五华峰和羊角峰侍立湖畔，湖水托着夕阳，湖岸漾漾，绿的树，黄的土坝，阴晴不定的云，波光悄悄晃摆，像做梦的孩子在翻身。

点缀其中的星星岛屿，是溅起的水珠，三两颗而已。

——孩子的呓语几声。

四野轻纱笼罩，虫蚁不惊。

风也贴地，翻扑落叶几枚。

远方，极乐寺的灯火还未点燃吧？木鱼也未声声敲响吧？

湖水绵绵，如同一个僧人埋头将尘心刨光。

此时，适合无语，徘徊，适合凝望夕阳，彼此目送。

不觉摇回的之前记忆，湖光深处，蛇岛，鸟岛，锁岛，上上下下，坐会儿船，拐些道，不过是购票里的表演、观人造景点，听导游讲俚俗传说，走各种深浅套路。

这些年来，游历过的所谓名山大川，诸多都无法感动了。也许是感觉麻木，也可能是同一语境下的造景效果。下意识里，更欢喜偶遇的未加雕琢的乡野风光。

有些景物，适合凌空蹈虚，适合无人时、微妙处的自言自语，适合遇见之后永不再见。

比如翠屏湖，行走在规划的线路里，无非公园般的体验，所谓人所周知的“通感”。

而淹没一座千年旧城的湖，临水夫人的道场，远非几种肤浅说辞能替代。

车回到规划路线，盘旋中下坡。过了一阵，就到了高速入口，路平坦了，翠屏湖也随之远去了。

心底有淡淡遗憾，不过一阵子，一晃就没了，高处也好，低处也好，刻意也罢，无心也罢，这些年都习惯了。

回眸里的翠屏湖，已陷入乌云投下的重瞳里。

东洛岛的空摆

海，一减再减，减至干净，便为大海。

于是汽艇开得飞快，在蓝光里上下颠簸，时而高高跃起，时而重重砸下，惹起声声惊呼。

一路合十的浪花，在海中摇摇晃晃，自言自语，我也隐隐有点目眩。

鸥鸟不时绕着船飞，偶尔也鸣叫，鱼排，灯塔，一些来回的小船，云也起伏，天也起伏。

过了许久，不远处，一座岛屿倒扣在茫茫海中央。

跳上简易码头，踩着杂混的海腥味，散乱的牡蛎壳，碎砖石，废木板，海带绳，绕过一座不知是天后娘娘还是元帅爷的小庙，再上个短坡，是岛上的无人区。

狭长的海岬，礁岩横亘，是归航渔人在阳光下晒着虬结肌块。山坡蜷伏，一条土路将远近连接，羊在陡峭蹿上蹦下，番薯藤和脚底的浪涛一样喧哗。

我久久无语，想起了什么，又忘记了什么，一种熟悉又陌生的情绪在空摆。

坐久，野花摇曳的东洛岛，似远，似近，某些情愫在胸臆渐次生成，一条颠簸的线索，推开片片月光，起伏通往遥远的晃动的渔网深处，大梦初醒前的某个片段，榕树下一个摇着蒲扇的假寐。

清澈见底的星星，水母的明眸，夜来香里的犬吠，不知疲倦的风吹着后来的蓝眼泪，此时身边，应有年少时亲人的呼唤，有马尾松影子的催促，有屋檐炊烟的手势，有石磨流淌的汩汩米浆。跨过门槛，烛光里，有沸汤里浮沉的鱼丸和肉燕，加醋，加胡椒粉。

那个伤感的夜深，一退再退的瘦小的巷子，说，妈妈，我是你不爱的孩子……

仙人掌边，村人手指前方，一座豆点大的岛屿，绘声绘色描述每年候鸟路过的情形。

手机相片里，有飞鸟盘旋在小岛，密密麻麻，翅膀都插在半空。

村人眉飞色舞，说候鸟途经这里，一年就那么几天，以前很多，现在少了点，但还是有看头，欢迎到时再来玩。

无来由想起，这样的中年，也是途经。有多少的远愁近虑，就有多少的未知和无端。东洛岛，也许会再来，也许不会再来了。

浪涛卷起，抱紧礁石，又退下纷纷。

百年苍霞洲教堂

神说，要有光，就有光。

于是，从光绪那年起，来自维多利亚的光芒，在苍霞洲燃起。

到如今。

粼粼黄昏里，光有两截。

短的是苍霞洲基督堂，长的是悠悠闽江水。

偶尔也交叉，那是上帝的十字架，在爱着人间的模样。

菩萨的心跳在头顶

——过永福樱花园

菩萨的发髻，在二月，都头戴发簪，琤琤淙淙，连春风都撞响，鸟鸣也低飞，天蓝只一纸。

日色采采，山岭蜿蜒，菩萨从远路来，发髻端庄，层峦叠嶂，在镜中，多少有五万亩的青衿与怜悯。

一树树红的，粉的，白的，在天底下摇春风，摇日影，那年那月啊，菩萨的拈花微笑有十万株。

发簪插在发髻上，斑斓的蝶，那是佛在说人间禅，能听见的落英都孑孑，下山的旅人也无端记起了某种好。

是有些阴影，也都轻了，那么短暂的事，二月又那么深，菩萨也动身，过人间。

那都后来了，现在的永福樱花园，浓荫正拉着山道起伏，春风的碎片与落花一一合十，菩萨的心跳在头顶。

山重水复有余音

石佛塔，有七层，远看是玛尼堆，近看是古装老人。

水袖一挥，山一重，水一重，油菜花开有千重。

剧情也是层层叠叠，田垄都分段，街巷有鳞次，红砖古厝三三两两坐落在鹅黄背景里，不止是阳光灿烂的事，其实有桃红李白的民谣交替插曲。

寻梦谷的瀑布已遥遥拍手，十里蓝山的花海渐次举眉，情深处，色浓里，古温泉的汤头总是滚了又滚，都听到了岸上的踏歌声。

溪边的鹅卵石就不消说了，似一群顽皮的光头童儿，小心避开昭灵宫古朴的脸，一路把人引向水的更深处。

樟树的夹岸垂枝，十樟九空的事，说来树的目光有千年，在滩头，在村中，注视着做空自己的旅人，在空与空的碰撞里，把马洋溪水十里撩响。

在山重村，时光有皱褶，梦里的事也能狭路相逢，见缝插针的是蜜蜂的探头探脑，把依依不舍的眼眸一一缝补，使剧情不断迭代。

至于古琴村，那是山重水复的荦荦余韵。我不在时，有天柱山侧立聆听。我心动时，油菜花海的平铺直叙，只能由石佛塔一路镇着。

闲步

／／
／

汤岭的侧影

在汤岭，群山像退休的老人，背着手，无所事，收集光，收集雨，也观风，也观水，观树影婆娑。

观一只鸟儿伫立枝头的晃。

在瞳孔与瞳孔的直线中，在摇摆和调整的平衡里，在时间的翻页与默诵里，我或是读懂了，飞鸟伫立时间的侧影。

俯瞰，也只有俯瞰，才能在目光范围里随时抽身。

比如，风的自由，在天空中，在楼宇的缝隙间，在枝头的摇晃里，也在一声嘹亮的鸣叫之上。

在汤岭，一条溪水也有侧影，眨眼间从这头掠过那头。

请不要成为我的怀念

在北京，在那儿我度过了十三年的斑驳时光，青春在那时是北漂的水漂，香山红叶，长城鹰飞，后海的涂鸦，酒醉的三里屯，还有第一次北方纷纷的雪。

在福州，我在这里走进步履匆匆的城市，羊蹄甲花开啊，榕树下，闽江边，北峰像老人的皱纹此起彼伏，每一盏逝去的霓虹都有枯黄故事一截。

在逻迴，在半岛与蓝天的交汇处，松针和海浪的阵阵拍打总是让我坐卧不安，尖峰山下埋葬着我的父母，也埋葬着我的童年和少年，旧码头边时不时回荡着颤颤悠悠的小舢板。

肯定说来，逻迴是故乡，狂风暴雨里落地的孩子都会有记忆，出生那年台风一连刮了七个，小时候人们总喊我的乳名“风胎弟”。可没有父母的故土，到夜里我总是觉得有点冷，想来青红酒是喝了一杯又一杯。

记得在北京时，常想着福州是故乡，不是逻迴。虽然我是从逻迴到福州，虽然在福州时也常想着逻迴，虽然在填写各种户籍表格时，我还是皱着眉头写难写的逻迴村。

也不知来来去去了多少次，如今我又回到了福州，逻迴村近在咫尺，也抽空回到那海边，也只是坐会儿，喝杯茶，听浪涛拍打着绵绵的海岸线，看阳光一点点挪着从前和现在，然后就朝着后来走了。

难免会想到北京，那里淹没了我的许多青春过往，板井路，蓝靛厂南路，北洼路，有多少昆玉河的翅膀晨曦里一晃而过，有多少无眠的京西在地下室搓揉成午夜，有多少高速公路把京城的春夏秋冬盘旋成经纬线。

如今我每隔一段时间也回到北京，也坐动车也乘飞机，没有固定的时间，节前假后都好，只想着自己打的，不惊动任何人，不惊扰北京的花开平仄和灯火万家。

想起来那时在北京也念着福州，所以在踏回北京的土地时，偶尔我也会想着那时的念，和那时的想，那个已经拆掉的东街口天桥和旧日的三坊七巷，那个想念着想念的遥远从前，和渐行渐远看不清的逻迴村。

总是在路上，在前头，影子在背后。偶尔会怀疑，是否前方的是影子，后头的才是我？或者你？

所以无论农历和公历，请不要成为我的怀念，福州、北京和逻迴，我会让彼此成为眼泪，会掉下，会泪如雨飞。

从来落地的，都会死去，我的北京、福州和逻迴，还有我……

老屋的院子

那天，与弟弟在老家的石头老屋喝茶聊天。

老屋有三间，前后三进，前面是个院子，有围墙。院子里种了很多花草，但比原先稀疏了些，不过还是满园姹紫嫣红，香气扑鼻。这些，是母亲在世时种植的。

想到那时我还在北京，母亲也还在，春节回家时，问她，去北京走走吗？

电话里听母亲聊过故宫、天安门等，知道她心里想去，但都没和我正式提起，所以趁着春节在家，我主动说起。

母亲眼光一亮，随即又暗淡下去，她讷讷地说，也想去啊，但一走，家里的事很多，大大小小的人情往来要安排，还有家里的花刚刚种了很多，没及时浇水的话，就养不好。

庭院里，栽满了五颜六色的花，热热闹闹，都很欢喜的模样。屋顶上，也铺满了百香果的藤蔓，有的还垂在屋檐边上。这都是母亲摆弄的。她一个人在家，那时热衷于种花养草。

我说，乡里的事情也不会那么着急啊，总可以调剂，至于这些花儿，可以请亲戚帮忙浇几天水嘛。母亲说，几天的话是可以的，但去北京来回要一阵啊，乡里的有些事落后了，脸面就不好看了，况且养花的事总麻烦亲戚也不好，过一阵看看吧。

见她这么说，我也不好坚持。想想，那就过年把再说吧。

后来，母亲的身体不好了，也不方便出门，就渐渐不提去北京的事了。再后来，她就过世了。

见我走神，弟弟把话头拉回，说你现在也回来了，是不是考虑把老屋改造一下？

如今，老家渐渐破败了，我们也不经常回来，重修了，放在那儿也没用。而且，改变房子格局后，奶奶和父母的痕迹就会淡了。与其这样，不如不做。我边解释边插话说，这些花儿养得不怎样啊。弟弟喝了口茶说，他也不经常在家，花儿还能这样算不错了。

想起，母亲当年的担心还是有理由的。但现在，她不会再回来了。

那片蓝

那年夏天，表兄弟们来海边过暑假。

我也只有十来岁，他们的个头和我差不多。

我们一起从码头跳入海，少年人哦，都穿着裤衩，那时流行长头发。有一点点浪花，天很蓝，海水是天空的另一半脸孔。

我们各自游泳，有时潜泳，有时蛙泳，有时爬上小船再鱼贯往下跳。天气实在太热，待在水里总比回去好，我们有各种拉着时间的花样。

估摸过了大半个小时，记得我躺在码头上休息。突然听到表兄在高声呼喊。原来表弟腿抽筋了，表兄去拉他，可慌张中的表弟一把抱住表兄。表兄撑不住了。

我起身迅速跳下水，奋力划浪游过。我拉住表弟。表兄脱身。表弟紧紧抓住我的手，我本想说两句，表弟一把抓住我的头发，全身压过来。我说不是这样，我拉着你的手。可表弟似乎已经失控，脸上挤满了惊恐表情。

我试着游了几步，可实在没法承受。我推了一下，可推不开。那时码头上有一些村里的人，我本想喊救命，那瞬间又觉得丢脸。拉拉扯扯中，头像葫芦般几回按下去又浮起来，嘴里开始灌入海水了，很咸。后来，我看到那些人也在指指点点，可我已经喊不出声了。我开始觉得恐惧，海与天空像扭曲的脸。

那种窒息与晕眩，童年大病时也有，那时奶奶抱着我抽泣。

表兄已游上岸，见我似乎快要沉溺，急得大喊，让表弟松手，自己慢慢游。表弟似乎已缓过神，在我意识模糊的瞬间，放开手，狗爬着向岸边游动。

我艰难地翻过身，肚皮朝天，以仰泳的姿势喘息。

清晰听到，码头上的人大声说着什么，可他们依然没动。

过了一阵，恢复了精神，我一点点游向码头。

那时和后来的记忆，储存的都是慢镜头，所有的声音我都不想听，我游过那片蓝色的海水，天空的云朵都是奶奶的眼眸。

后来的一生，每当我走在悬崖边上，都会记起那片蓝。

书房的变迁

那时在福州买了第一套房子，很小，但没电梯，公摊少，能隔成两房，其中一间打算做成书房。

努力赚钱，有个独立的书房，大约是走入社会后的第一个心愿。

装修没经验，又没空天天到现场，就交代工人把书房墙壁都做成格子，其他的按常规来。

磕磕碰碰，预算改了又改，又是凑钱，又是贷款，终于弄好了房子。进门第一时间去了书房，看见书柜造型不错，中间穿插有各式摆设台，但格子明显太少。冲着工人问，明明告诉你都做成书柜，为什么改变方案呢？

工人既惊讶又委屈，说，可以放几百本书了，需要那么多格子吗？这样有虚有实不是很好看嘛？

房子住了大半年，就去了北京。过了些年，在北京也有了个窝，相对宽敞些。这次，直截了当做成两侧“顶天立地”的书橱。装修工人问，书柜要不要安装玻璃门？想了想，这些书的寿命应该都比我长，就免了吧。

趁回福州时机，把柜里、床铺下、客厅的书整了一遍，或者送人，或者卖掉，挑好的运到北京。连同在京买的书，一下子把书柜装满了，有大几千本。

下班后，只要没外出，就喜欢在书房里安静坐着，品茶，喝小酒，翻书，看手机，看窗外的落叶，还挂电话跟朋友说，俺现在是旧电影里的地主爷看田亩看家畜。

再后来，又回福州了。老房子没法常住了，去郊区另觅了一处居所，再装修了个书房。但身边已没多少书，也不太想把北京的书再运回，而且估摸以后也不会再买很多书了。

望着空荡荡的书房，盘算着，以后可以一侧装些书，一侧装茶啊、酒啊、手工制品等。

书房的躺椅歇着，望着晃悠悠的一截天空，心想，这也算是一种读书吧。

虽然，云朵的块头又大又白，全认识，又说不出所以然。

南山废村

村落在山颠，凹进去的小盆地，盆沿长满了灌木和青草，盆底一半是人家，一半是稻田。高处是茂密树林，溢出来的几重泡沫

望过去，死火山口的样儿，大风从四面八方刮来，都挤不进。

只有山路阵阵盘绕，一重又一重的拥抱。

山与海的纠缠，分不清。

路尽头，进村口，豁然一亮，有大榕树，有小庙宇，有桥，有流水，称得上“良田美池桑竹之属”。

村里，几十座石厝，屋舍俨然，却空无一人，原住民都搬走了。

梯田荒芜，一道道的疤痕，缺水季节都裂开了，枯黄的杂草随处都是，几十只麻雀在点线跳跃。

窄窄的石阶，依然在村里回旋，枯叶跟着走，上上下下。

有的门窗拆了，有的墙塌了，有的瓦片掀了，有的石碾倾覆了，有的枝藤爬满了屋顶，有的院子里落下了桌椅锅瓢，有的厅堂里落满了灰尘还供着祖先牌位。

怔怔无言，嘴唇隐隐有灼热感。

月夜里的此去经年，艾草的烟火中，那些返乡的魂灵们，会在此地团团围坐吗？会擦了窗儿让屋里有从前气息？会大声喧哗燃起烟火让街坊有旧时寒暄？

风里的枯藤爬上屋脊，悄悄比画着手势，暗示还是别把话儿吐出口。

石厝深处，蜘蛛网背后的旧窗棂，瞪着空洞的眸，还有些心事，藏在半掩的腐息里，似乎谁有闲就打算拉谁。

我讷讷地兜了一圈，走回车里。

远走他乡的人有自家的道理，那些只剩下留守老人的乡村其实大同小异。

说来此处风也好，水也好，无车马喧，能采菊，归来有桑麻，出门能见大海，与悠然可见的那座南山相距不远。

如是村庄，行旅途中比比可见，但大多残垣断壁，形影稀疏，成了空心村。

——没有一种故乡不惆怅，唯有万般无奈才深情。这样的废村，这样的阡陌，这样的似曾相识，这般的无言以对。

人家的燕子，每年春天里，都还认得旧时的屋檐吧？

归去，山路依然阵阵盘绕，旧唱片的纹理。

麻花录

一

故事里的主人早已不认识了。

话说中似曾相识的木麻黄，淡咸的风不停吹着榕树的须，把背景沙沙拍响，我只是个题外人，从他乡归来，路过第一回和转折那回的场景，海浪打在册页之上，片片浪花飞溅在树梢和眼帘。

来来往往的海岸线，曲曲折折的皱纹，白裙布般的沙子，无人的舢板几叶，孤零零的贝壳都淹没了。

那些也快也慢的脚步，也走在昨日，看不清影子前后，看不出仓惶的树林，正欲静，正束手，风吹走前面的风，也吹远了天和海的距离。

一页一页的浪花，翻过他乡，翻过故乡，翻过故事的且听下回分解。

一个人的海边，蓝色是碎裂的寂静。

二

在山中，墓地里的先人，清明里有一排，民间流传，都是在一场海难中溺水，年龄不大，有年轻人，也有中年人，在乡下，算老龄了。他们之间，有父子，有叔侄，有兄弟。

数百年前的那天，历书里看上去风平浪静，他们也和平常一样出船，撒网，捕鱼，闲话，日子不值一提。

应该过了没多久，天突变，云碾，风疾，浪汹涌，船覆，所有人踉跄落水。

浮浮沉沉许久，眼看将全部不保，族长者遂号令集中救一少年人。悲戚的脸庞轮番号叫，轮流托扯，呛水，挣扎，直到乏力，虚脱，逐一被浪涛吞入水底。

少年人抱着木板，得救了。

那些尸体，浮沉了几天，被海浪冲上海滩，浮肿，面目全非，多半被鱼啃了些形象。

一群老少寡妇，披麻戴孝，拄着拐杖在海边哭，有很多年。

海水无声，平静。

她们都没后代。

这件事，乡里没记载，族谱也语焉不详，只存于街角井边的口口相传。

清明节，这些人的墓地野草萋萋，一整排。

当年的那个少年人，娶妻生子，过生活，后来老了，过世了，他的墓地干净，有香火。

绵绵雨后，新翻的地，草疯长，前后都齐膝。

有几个后人，过清明，也弯腰，细雨里。

锄草。

三

老家修了条快车道，从海边取直，少了盘山绕道，有省道范儿。

新路途经的礁石群，也随之被土石方掩没，在海岬。

有人说好，有人说不见得好。

只是于我，那儿，曾是童年隐秘部落。

在奇形怪状的石头里跳上跳下，是孩子们展示勇气的平台。逃学时，是高低错落的极佳躲藏地。空闲时，在礁石群里，抓螃蟹，勾钉螺，玩捉迷藏，都是乐趣无穷的把戏。

好几回，被打倒在地，手脚划得鲜血淋漓，又爬起来，眼神冷而硬。

海边的风扑面，在旧码头上，望着对面的悠长新路，我看到泥土淹没的细节曾经。

之前听说过要修路，本想去再看一眼，拍些照片留念，但总以为没这么快，以为过些日子再去也不迟。究其实，心底还是觉得不敢相信或不愿相信。

隔了个春节，路就通了。

想来也好笑，年少时，总以为天经地义是个固定名词，都会在原地永远等待着。随着年岁渐渐磨损，很多人很多事不觉都变了模样，或一去不返，比如这些千万年都在的礁石群，一夕之间就没了。

记得多年前，有人也站在旧码头，说这礁石有点儿似曾相识。

当时很惊讶。

那人笑笑，不答。

我大约猜着想说啥，也一笑。

现在倒好，礁石群也没了。下次带那人回来，看怎么说？

赶圩集

一

脚后跟又裂开了，斧头砍过般的，一道长长的口，没出血，但泛着猩红，咧着嘴。

似乎十多年前的冬天，裂过一次，以后每年都定期开放。

有变化的是，刚开始就每年一回，大约在十二月左右，涂了凡士林，口即愈合，之后再冷的天，注意脚部保暖就没事。

前些年，裂开的次数多了，时候也提到了十一月左右，然后整个冬天反反复复。天一冷，就开裂，涂药膏，闭合，过几天又裂开，仿佛搞游击或捉迷藏，还乐此不疲。厉害的时候，开几道口，出门会微瘸着腿。

一个冬天下来，苦不堪言。

也访医问药，又喝又涂多种奇方妙药，可效果总那样。

这些年下来，颠来倒去，也习惯了。既然无法根治，就随它吧。那种疼的感觉，控制在一定程度，也没什么，不是说“他横随他横，明月照大江”。

附生的东西，一点都不善待本主，何况本主已年过四十，再怎么样也不应该如此这般！唉，想来想去总感觉很奇妙的一件事。

要是哪天本主骑鹤远行了，你们还有啥乐子可玩？就像俗话说，“俺把牛牵走，看你还吹啥？”

近来还有个谱，每年三月供暖结束后，还会如约裂开一次，但不用涂药了，过几天自然就合上。

二

跟那人说，从南边进来，然后往东走，到岔路口再往北走就是了。

那人说，拐来拐去，找不到地了。

我说你到哪儿了？

那人说，到狐仙路口了。

我叹了口气，说，左拐进来，然后往右转，岔路口再往前。

那人说，这不很简单吗？干吗绕得那么复杂啊？

我不由自主点头，说，也是！

青春十多年，在北方，我有了明确的方位意识。

回到南方，在这座城市，我得重新适应这儿的习惯。

虽然方位感依然在。

那人按了下喇叭，车子来了，过会儿得安慰一下他。

忘 言

一

夕阳里的影子长长的，连同木头茶座，老铁壶。

青山是有数峰，都远在隐约那头，如同木头茶座的这头，几个寂寞的老茶客。

大凡无所求的皆无需灵与肉，心事重重的都在原地。

茶水沸了，远山及影子也晃了晃。

二

高一脚，低一脚，跋涉在沼泽地，不敢有太多的叹息。一声一声的沉重，会让脚印深陷。

也许，是地平线的总会有破绽。

也会山回路转，也会阴差阳错，走到阳光底下。命里的欢喜，是坡上的野草，随风绽放到高处。

或许，也是蓝天一角。

三

月亮缓缓举杯的时候，人们都晃了。满山已找不到风声，我看见自己驮着月亮飞。

蓝色的翅膀，拍打着四季轮回，溅成了荣辱世间，冷却的叫山川，流动的叫河水。

都披着草木星光，踏过的足迹。

那些走进黑暗的根须，不过是潜意识。包括红色的月亮，从东到西，滑过一生的背影。

然后居然就醒了，还是整夜里忘了关门？

四

青苔是石头的鳞片，不再游走的鱼，废墟里的旧欢好，总是低着头，在树荫底下掩面而过，腐草的气息反复酝酿，雾是瞎眼妇人，四处寻找不回家的孩子，脚印繁茂，枝丫的鸟的眼神，风如过江之鲫，在石头前后绕个弯，往往无话可说，却一直跑到树林深处才开始嘶吼。

树 签

一

落地生根的那一刻，一棵树苗，立下了向天生长的目标。

这个永生的承诺，有个每天推石头上山的人，也曾在故事的前言与内容里说过。

它推开泥土，双手合十。它张开臂膀，怀抱雨雪，一路上草行露宿。

向阳里从不回头，再阴凉的影子，也只是一生的背影，直到命运枯黄，它依然记着，高过天空的是希望。

推石头的人在故事里不晓得，大地也闷声不语，春风每年三月都弯腰。

让头顶赶路的影子先走，让贴地的根须听清楚。

二

从树梢坠地，落叶的翩翩就那么几秒。尔后，翻了个身，或仰面，或趴下，接着与风结伴，与尘埃为伍。流浪和离开，从此成了一生的术语。

前传里也是有脉络，有骨肉，有推搡，有谦让，有露珠的欢愉，有光影中的表里不一，有青黄不接的言不由衷，以及高高在上扛着月光的孑然。

都成了记忆！都说所有的离去，都是时候的理所当然。所有的停留，都是时间的错位。

如今，在离开更离开的流浪途中，在蚊蝇伴舞的沼泽水渠，在坟茔起伏的荒坡野地，它飞翔的模样和归巢的燕子一般轻盈。有时，也碰到树干或枯枝，也轻触流连，也无言松手。

风匆匆时，也抿唇口哨声声。

那些翻卷在水泥地的落叶，依然流落在东家门口，在西家路上，有的眼巴巴贴在人家窗棂，一动不动。

当秋风沙沙扫起，一场雪就下了，落叶早早没了踪影。

也有青烟几缕，酣睡几声，在乡下，在田野。

时间有奔丧的步伐

那时我往返追寻时间的脸，驿路里醒来的标间套房大同小异，早起的商铺多数半耷着门帘睡眼惺忪，上下班的匆匆脚步斑马线里反复无常，季节的阴晴冷暖将有趣无聊的躯壳捏了又揉。

我看见云霞把天际线按捺又托起，我看见时间将面具抬升又摔落。说是空气中的隐喻从来相生相克。它掀起泡沫又连成汹涌波涛，拍打在一个个无眠的胡子拉碴的暮色。

人到中年，是射出的无路可回的箭，离目标越近，离自己越远。我离不开又看不清的命运啊！沉睡只是无意义的一截留白，失眠是无奈的梦游一种，平凡的生活是跑步机上的汗流浃背。

时间的脸又是如此缥缈漫长，远远近近的高速公路和犬牙交错的立交桥，我望见有人满眼泪光却看到窗外又是风又是雨，我望见漫天飘雪却不过是镜里的青丝白发的毛片。

是有人在走近，是有沙沙的脚步声，那不是时间，时间它有故乡，它满腹心事却一去千里不回头，它有奔丧的步伐。

那也不是我，这一世活得如此的小心翼翼，那只是影子的步履踩着了时间的尾巴，时间它在旋转门里转过一张惊恐的脸，在日出和月落时仓皇且低低地扑腾。

行走的苍野

雷电翻滚过后，天空扎扎碎了，云层鱼贯裂开，那都是伤心的脸。那时我走在大雨底下，撑着一把天空，看大海把伤口阵阵还给峭壁，也惊涛骇浪，也绵延不绝，也咆哮也激越，也无端怀疑自己是个导电体，将天空的哀流传给海水！

海水汹涌，将大地和苍野拍打，那都是我的过错啊！行走在人世间，有些山冈你得背负，有些原罪你得扛着，有些落井下石你得收藏，有些人有些事你不能多想，还有些阳光只摇摆在风平浪静时。

我撑着的天空，大雨只是向下，我在仰望，因为雨水的努力，我的努力，我的迷惘！

那些年以来，我喝酒，就举大杯。我的每一次大醉，都是为了和自己告别。可偏偏每个醒来的清晨，都是老马识途。

事实上，我也曾掰断过不少影子，想再造一把伞，一把能撑住伤口的海，才发现我的天空只是一张脸，我撑着的脸，渐渐眯成了一圈圈的近视眼，只有电闪雷鸣泪流满面时，才发光，才嘶喊，才踮着脚尖看得再远一些……

碰杯雨夜

憋了两天，空气中似乎攒满了汗滴，密密匝匝地藏在光线背面，只要人们一抬腿，一动手，或者心律一波动，就会急不可耐地从四面八方渗沥出来。

气象预报里的雨将下未下，天哆嗦着，大片云朵笼罩城市上空，有气无力地喘息，像吊舌头的活死人，偶尔的风确实吹不动这块头。

路上蹭车，人们互指着鼻尖对怂，还围了一群看热闹的人，嘀嘀咕咕，来往的汽车摩托车自行车都让道。

街两侧的大小树木，被人一把掐住脖子，悬在半空，驼着腰，叶子耷拉，有点呼吸困难的那种扭曲，不能多瞧。

我也不想忙什么，只跟着感觉做些不花脑筋的事，看些不求甚解的闲书，反复调整空调温度，以及揉太阳穴，揉脖子，发呆，回神，很久。

着急的，也不差这个点。不急的，就搁着吧。

能做的，大都上心了。争不到的，再拗劲也得不偿失，也没太大意思。

一颗烦躁心，指挥着意念，指挥着手脚，许多无聊无意义的活在生发。

其实也对，这是个隐隐约约却陪伴已久的陌生人，这样的窗内，适合他，深呼吸吧，定静安虑得，就不打扰人家了。

我乜斜了眼，他似乎也瞥了下。

我看着一个人顺着青筋在游走，在闪避。

不知为何又坐下，沉默许久，又想起，之前弄的那些所谓靠谱的事儿，有几分能确定？以及，靠谱与本相之间的路途有多远？

现在，头顶突突发涨，胳膊酸，腰疼，眼神有点花，空气里有无形的气压越过树木，透过玻璃窗，脸色惨白地挨近。

我激灵灵醒来，还想着，镇定镇定，才这个点上，此时不能开酒盖，否则他溜达哪儿去了，难说。

泡茶？都喝半天了，胃袋发抖中。

看到自己或者他打量着酒柜格子。

上下唇嘀咕，意志薄弱的人，就不应该这时候接触此等媒介。但现在都这样了，实事求是，认清形势，你或者他已不是空间的对手了。那么，与其坐以待毙，不如出去买点啥，要么去小区园子里散散步，换个地方，分散注意力，或者还能在碎片里看得见自个儿。

开锁，换鞋，关门，下楼梯，出社区没几步，头顶一声砸响，雨就泼了下来，左右摇着树枝，似乎一个干渴的旅人，仰头猛灌冰啤，急不可耐的样子，连头发都淋透了。

回家的话，会湿了衣服，不如去就近的小酒吧。

左右权衡，比较来比较去，那就这样吧。

鞋子潮了也没啥，皮肤倒是爬满了斑斑凉快。

满街树叶打着奇怪的手势，有的还吹口哨，反正我也不会，只好加快了脚步。

靠窗的位子，我呵了口气，然后朝雨夜碰个杯子。

“咣当！”又一阵雨泼下来了。

探花十三

插图相思树

人一相思，心情就翻船了，于是山冈沉入漫漫黄花，枝相连，根相抱，七月也就浓成了《搜神记》之卷十一。

很年轻时，翻过这本书，说是王者夺人所爱，尔后男女自尽，冢上有树缠绕，故而得名。

可惜古籍没插图，也就不晓得，曾经每天必经的那条路，身旁的那片郁郁黄花，就是才明了的相思树。

那时海水清澈，来来去去的，就那么几条小鱼儿，和树上的落花。

蒲公英的快活

露珠转身之后，就成了蒲公英。

蒲公英飞呀，倏起，倏落，好大的秋千，有水就生根，有风就起舞，在阳光下，世界已然如此有趣。

高原中，河岸上，坡地里，草滩间，田埂内外，随处都能快活。没太多虫害恫吓，没太多环境羁绊，一棵没心机的植物，其实对自己也没什么要求。

无心的欢乐，与世界面对面，你怎样，俺也怎样，然后万物透明成一颗露珠。

露珠才刚刚生成，也很平凡的样子，那是太阳滴落群山之后，暮色里的蒲公英在打尖。

沙棘带刀

乡野里跑来的孩子，都有红彤彤的脸蛋，也会举着闪闪发光的荆棘，其实都只是笑嘻嘻的虚晃一枪。

炎热中恣意招展，酷寒处蓬勃生长，荒漠深处交错盘旋，寸草不生的砒砂岩里也能接来阳光。

命贱的孩子，贫瘠的土地，无风也粒粒灿烂！亿万年前的血脉先人，也曾将笑容一点一滴敲打得如此明媚。

应该向你确认，不是温室里的植物，也不是城里的宠儿！假如你真的喜欢，请蹲下来，细心点，别让荆棘无意伤了你。

南国美人树

美人树花开了，在初冬，似乎高挑的北方女孩，游历在南国，还脸大，还不施脂粉，笑容与阳光哐啷碰撞。

浑身带刺是一种远观的角度。

其实走近了，才发现那是种洛可可装饰。

而头顶的落花，也别以为是绣球，眼花的路人啊！那是女孩放肆的笑声，绽满了街道的这头与那头。

石榴花开

石榴花开，腮绯红，毕竟是一盏爱的灯笼。

红红的大唐年间哦，石榴裙纷飞，在烛火皱褶中，在唐诗插页里，有人拜倒了，还有人也拜倒了！

北欧的新娘，出阁了，蓝天一面，冰山一角，石榴花开在噼里啪啦祝福声中，孩子们的脸蛋红红。

花开是一种姿势，结籽是一种姿势，我看见了。

你是最美的忐忑，我不安。

一盏灯笼，晕了风的转向。

村里的土豆花

这种美是多余的。

花开茂盛时，需摘去苞蕾，红的也好，白的也好，紫的也好。

人们的眼中，只看到地里的土豆。叫马铃薯也罢，洋芋也罢，都一回事。

土豆尽管再丑，再傻头巴脑，它还是土豆，它是有用的。

花尽管美，曾别在王后的发梢、国王的外衣，但妨碍了有用的它就成了无用。

而无花的土豆，在地头，是老去的土豆……

红穗铁苋菜

红穗铁苋菜，来自遥远的太平洋岛国，装点在都市的巴洛克凹凸处。

安静时，是红灯笼的第几种，笑脸盈盈；风起时，似旋转门前的迎宾女，身段妖冶如水。

暗夜时分，城里墨深，每当红月亮从那边升起，有红狐狸尾巴不由自主轻摇。

秋风铁线莲

化身种种，无论丘陵地，山道旁，还是灌木丛中，都能高擎真实的春天，总归是美的朴素一种。

在乡下，我看见年老的小学老师，鬓发如霜，衣冠整洁，端庄慈祥。在街头，许多人都鞠躬或点头致意，或边走说她年轻时很严肃，或说她年轻时不苟言笑，或说她年轻时疾言厉色。茶余饭后中，人们都说，这是个好老师，好人哪。

北方的秋天，在荒芜的郊野，不期而遇一丛满头白发的铁线莲。怔怔良久，想起了那段话：那时候，你还很年轻，人人都说你美。现在，我是特意来告诉你，对我来说，我觉得现在你比年轻的时候更美。与你那时的面貌相比，我更爱你现在备受摧残的面容。

迎春花语

春风一抖动，有几百里，迎春花噼里啪啦漏下来了，遍地都是。

星星也很多，都是春天的小小水井，漏下来的蓝色，把天空点点盛满。

风依然凛冽，却有淡的回甘。

花在蓝色里浮沉，却越来越浓。

有人一拍即合，有人分道扬镳，有人若离若即。

那都是初春的事儿。

爱过的人间终会姹紫嫣红，天空的星星将更为繁茂。

风一阵暖，花一阵谢。

春天的补丁——紫花地丁

春风素来淋漓尽致，比如桃红，比如柳绿，比如梨花和杏花的白，信笔涂鸦也好，入木三分也罢，都是大泼墨的。

至于紫花地丁，无非春天的补丁，哪块土坡贫瘠了，哪儿色彩单薄了，哪个沟壑或旮旯难摆弄了，就补上几抹。

看看，有高有低的色差，有浓有淡的景深，有主有次的运笔，不是很丰富嘛！

挤过来拍照的男孩女孩，连蹦带跳也好，喊矮瓜喊威士忌也罢，其实也是春天的补丁，动态构图里的必须。

他们或她们开始指手画脚，用这片或那片紫色做背景。

紫花地丁前俯后仰都笑弯了腰，你们才是前缀啦！

妖魅忍冬

谷雨过后，跟随风的脚步，渐渐由白而黄，绽成了金银花，适合的修辞是金风玉露一相逢。

秋霜时，结成点点红浆果，没太多修饰，只等待一场苍茫大雪，做自己的简约背景。

铁树开花了

山里的铁树，随处都是。干旱年头，也向阳，也发新枝，羽毛里的花开了一窝又一窝。

后来，大佬们对上眼了。山里，怎么找也找不到了。

老人家说，从前啦，饥荒时，常常刨了大铁树，里面有粉末，能充饥。

孩子们撇嘴说，那么好看的树，就把它们给吃了？

老人家说，饿得肚皮贴到背了，还不能吃？有时连土都吃了！再说了，浑身都是刺，不小心就扎人，好什么好呢？

想起从前，小姐姐把铁树的针叶首尾相串，然后再套成一长溜的大耳环，挂着头发两边，在阳光下，甩起来。

说，好看不？

鬼针草谣

身披明亮的蜘蛛网，
柳叶刀，鬼针草，
借风走，借水游，
家在浪迹天涯的又一程。

发光的梦境都藏着暗器，
敌人总在月圆时分出没，
少年郎才换骑一匹白云，
满天星光都掉到田埂地头。

窗内和窗外

刚刚供暖的初冬，等清晨的阳光爬满帘子，窗外的那些行人，交叉街坊，都安静地蠕动，裹着厚薄棉衣。

一些心情接着一些心情，关于过去、现在和将来，时疾时徐，偶尔也有插队，各种的步履，不一样的街坊与路人，也相安无事。

也有些人掉头，去往南方，说那儿海风吹，可以坐在沙滩上喝冰啤，掰蟹腿，只要买张机票即可抵达，就像隔着一层玻璃。

水才沸，我也翻了下身子，不让阳光刺眼。说话的那些人似乎也没动身，我也不想打听他们下一步的想法。

或许，窗内的躯体理解不了窗外的念头。

诗纪

有人在转经

呼伦贝尔的草儿
是些小楷　密密麻麻

晚风中　有人在写字
安安静静

青衫白冕　一笔一画
有人在转经

三两座金刚塔　有时也泼墨
偌大草原

悬崖的行走

——在菜溪岩

心动时
总是摇摇欲坠
在山颠

大风吹起的踉跄
都有悬崖
望不到边的独立

我有悲欣
不需要人间
以及多余的天空

我站立的绝望
不敢低头
不在意影子

在风里的抖动

还有回音

踩过葱茏万木

菩萨的发髻

——在长龙茶山

在南方　一村一寺庙
香火前匍匐着许多善男女

说起来　菩萨确实难以观照
人间所有的嗔与痴

在长龙山中　我看见
层叠的螺旋的绿

菩萨的肉髻　密密麻麻
阳光下浮沉着诸多善念

一株茶树就是一炷香
还有山与水的遥遥合掌

连阴影与倒影都轻柔
经文里说那是摇着蒲扇的发心

偶尔我也想起山那头很多
在世尊菩萨面前　风起时

我会按下心猿
由灵魂向肉体磕头

今生今世　在南方的故乡
有时会在佛前泡一壶茶　盘腿

一缕茶息也是一炷香
关于静烬　关于无适从

陌　镜

接住河上的半截拱桥
就成了一面镜子
映照波澜里的从前
杂草　鹅卵石　鸡鸭叫
有点薄雾　有点湿

冰裂纹里的陌生人
从镜中轻舟而过
山头还有积雪
像猫的眼睛
镜子里的鱼儿很安静

屋檐下的灯笼
喝醉酒的模样
晃着东　晃着西
探头探脑的迎春花
都看到镜中的自己

有的绽放在三月

有的绽放在二月

陌生人又回来了

就站在现在

说镜子里的鬓毛白了

茭南观日出

一

神归来的路上
总会途经茭南
在清晨　在黑夜临终前
波涛总是匍匐海面
尽管火红大旗一再舞动
还有喘息如白鸥几行
而群山和远近海岸线
也有些摇摇晃晃
天出血　天出血
神的每次诞生都是受难
也是一种绵绵花开
长风几万里啊　送神归
归来的神依然傲慢如昔
骑着高头大马　踏着波涛冉冉
像一个抖落星辰和命运的赤子
是有一种绚烂叫不食人间烟火

又为何需要俯首呢
孤独并不需要接地气
把黑夜枭首也无须张扬
在茭南　花开只有一朵
灵魂出窍的空空回响
尘世都退后　死生也疲惫
尽管有无尽黑暗在轮回
那是神的审美一种或原罪一道
归来的染成的苍茫底色
天也那样　海也那样

二

火山凝固的时候
我看见太阳从茭南
扯起了猎猎大旗
望不到边的粼粼水波
十万声的无言呐喊
在胸腔　在茭南的海岸线
青筋暴起的礁石或层云
虎视眈眈的远近海岬
惊慌四散的海虫与鸥鸟
黑压压的螺壳在蠕动
渔船从东到西拖着长长翅膀

网住细细密密的眼神与屏息
天出血　天出血
风车不紧不慢拉扯着海风
沙滩来回颠簸着浪涛和村庄
息鼓偃兵的人们也走回日子
把日出做成大小旗帜
插在每一个火山死去的清晨

涉水记

拐过那道溪流
山里黄昏总是姗姗来迟
眼看着水声哗哗夹着礁石
在犹豫与犹豫间我迈出脚步
后来天空也堆满了云层
在此之前我涉水而过
毕竟迟疑也有形态
草木清香尚无颜色
有凉意渐次从脚心爬上
风声穿越毛孔在另一侧呼啸
我踩着礁石摇摇晃晃
云朵也踏着头颅涉水而过
飞来飞去的鸟鸣摆渡着坐标
溪水在时光的这头和那头
我记得那时已返回此岸
云去了山那边或天之涯

深秋处

只是替深秋悬挂灯笼
那么高的天空
还在继续长高
怕赶路的群山
前脚磕到后跟
前因和后果都是蓝色

风总是那么薄
风中的柿子像飞鸟的眼睛
群山间　　天底下
鸟鸣声比想象的要散漫

寂静纷纷

心闲时　若能一直寂静成
山中的石头

那么游人纷纷退去后
也可以拥有明月千里

叫来松涛阵阵
然后乘风　凌虚

成一粒白子或黑棋
在山峦间布局

偌大世界皆已睡去
该留意的只是轻声落子

雨后的大姆山草场

峰似吸盘　远近
将天蓝紧贴
才醒的清晨
大姆山草场是个残梦
一条山路驰过轮子般的湖泊

有许多话要说
却无须找人倾诉
这里适合沉默　往返
三三两两的牛群
也回溯从前

回笼觉里的陌生人
路过云的低矮辙印
正努力走回此时
而远山之绿汹涌倒流
我也在其中

喘息或低吟

是许多年前的记忆了

现在的大姆山草场

是支离破碎的天空

漫山虫鸣不过还原一种虚指

芙蓉园里旧时光

水榭　苹婆树　太湖石　还有亭台
那些年　我深爱过一个女人
我不知道该把她画在高处
还是低处　让我可以悄然走近
和她一起凝眉构图
把粉墙描摹成留白半截
将线条回溯为折廊几节
在假山的阴影涂上蔓草的暗香
让风儿把阳光逐一摊平
涟漪点点以及绿荫簇簇
都能在水里安静地睡去
跌落的云朵也不受惊
在旧时光里　我只好由此搁笔
心底晓得　长此下去
她将登上高高的亭子
微笑着不让我靠近
让我迷失在“朱紫坊”“芙蓉园”的名词里
无尽返折于朝代的坊巷街闾

而她将走回底稿的背面

走到今生今世看不见的视线中

空荡荡的园子里

有些凉风不知从哪里吹起

脚步的回声有时高　有时低

三十六脚湖的虚实

一

海坛山的鸟儿
是掷向春天的石子

大概有几万种的此起彼伏
野花看到人的时候也很安静

有时也只是虚晃一枪
竟也惹得山那头

青草撒欢儿地跑
风吹过的视野是这样的

鸟儿已飞到云那边
三十六脚湖畔

星星点点的石厝

不知是从哪年掷起

我看见湖水虚虚实实
四季里也只敢一直蓝着

二

一面湖水
是天空的镜子
有一行白鹭
掠水而过

破镜重圆的另一半
在人间

三

树荫越来越低
在水里
有三十六只爪
也抓不住
几匹深的沉静
鸟鸣崩于前
也溅不起
头顶的飞逝

上帝丢了个小练岛

黄昏时分　　海潮退去
缓缓涛声里
小练岛似乎抬高了些

海风一直吹
从早到晚　　把公鸡打鸣声
用舢板摇到了夕阳中

后山草甸　　牛和海鸥互不搭理
从海岬到坡顶到天空
一些草儿不知不觉就不见了

石头老厝三三两两
白色小教堂　　屋顶尖尖
那是小练岛的避雷针

说是闪电风暴避着走
只剩下随处可见的野花
不分季节与上帝比笑声响

夜宿竹林寺

望不到边的竹子
在雨中赶路
沙沙的脚步声
蹑手蹑脚又整齐划一

清晨开门
昨天的竹子都不见了
尽是些新面孔
都装着没挪过的样儿

五虎山的格式

这些日子　每天都能看到五虎山
只要抬头　在打不开的办公室窗外
五只眈眈而视的虎
这是才知道或刚认识的山
阴也好　晴也好　都还在
其实　只要往南边开车
都会经过五虎山　以前路过时
也会自然而然望几眼
但那时不知道山的名字
只记得无论云绕还是雾里
五只老虎都在天底下跃跃欲试
那是不久前　在山脚边
朋友指着它　说这是五虎山
记得山很出名　我认真听掌故
后来喝酒　侃大山　也就没留神了
直到这段时间　这个办公室的格子里
才恍然山和山名的由来
再后来　我试着把三种五虎山

串成一个容易记忆的模式
却发现　它们的格式各不兼容
而现在的努力
是第四种山体　它们都扭头盯着我

乱石拍岸青芝山

是千堆波涛
翻卷山中

当潮水退去
依然一步三回头

有时日头和月轮也混迹其中
都圆疃疃模样

也有猴子蝙蝠鱼儿出没
泥沙俱下却栩栩如生

一线天的隐约影子
无论草青或浅紫

就不要跟过去
灵芝有妖娆脚步

百洞千壑她们都熟悉
一方寺院不过是闲章

松风海涛手拉手在跑
云出岫是石头的梦回

一个季节山就有一种颜色
野花几簇是有人掐指算来

大地撕裂的伤口

——在闽江入海口

一步一步抛却时光
一千一百五十四里江水啊
这回乡的路　峰壑间
是大地撕裂的伤口

已过正午　近下晌
穿越淤泥　险滩　绕过暗礁
趔趄和漩涡都在身后
树林里的鼓噪从没停过

夹岸的落石不时激起浪花
天经常变各种脸　闪电里
谁走过的路不是满脚泥泞
远方的危堤是必须以命相搏的坎

风吹草低的脸　模糊的故乡
其实不止是落叶挽留的事

毕竟连着长长心肠
连着回荡的千重母语

连着比遥远更遥远的太平洋
沉默的马里亚纳海沟
一路拖来云层　溯江而上
高高抡起一千一百五十四里鞭子

塞班之蓝

只有蓝色
才裹得了太平洋

其中湛蓝一种
是上帝的眼泪

滴落
在茫茫水面

浅的是塞班岛
深的是马里亚纳海沟

连上帝的哭泣
和魔鬼的微笑

也都是蓝色
只有塞班近海七彩斑斓

人们潜入其中
看见自身也融化

涌起的天光
不过火苗的虚蓝一种

空山无语中

怀抱寂静
是空山的姿势

涂几层黑夜
等月亮出

没有惊鸟
只有心思一点点飞

让寂静成化石
让空山跟着晃

一代镇海楼

一纸山河铺开
落款处　　不是开元
便为纪年

说是镇海　　镇风
其实是镇一座城
有人在天上

按下一方手印
用力猛了　　闪电里
连北斗七星也跌落

且放闽江水千里驱浪入海
有三山两塔为证
盘桓处　　月光下

百姓的灯　　州官的火
凡是明亮的都必须匍匐
两侧开道的只能是太平洋的风

雪霁金饶山

窸窣的一层雪
洒在金饶山沟壑
世界也就成了清汤挂面
说是安静其实茫然

雾凇在风里摇摇欲坠
田垄让阴影割了分明线条
呵出的气息使群山慢成一种想法
狐疑不定是雪的现在进行时

草叶总归是蝴蝶的翅膀
一点点的反弹也有铃铛
犹似昔时的雪让清晨如此清脆
泛青的树梢像镇上的毛头小伙

连脚印也吱吱响了几里地
犹如雪花三两步落入颈脊
冻红的果子是山里的应声

一再回头排练迟迟他日

醒来的融雪已渐接春的那头
想不起的昨夜定来寒冷
不然漫山遍野的白
并不是记忆节节后退的颜色

酒令六拍

——热血酿成的就还给热血， 时光酿成的就一饮而尽

酒过三巡
觥筹正喧
任欢喜扶摇而上

满眼恍兮
目中无人
叫江山千里来携

散发如沫
空谷当杯
由昨是今非翻云覆雨

时候踉跄
大野酩酊
将极乐世界即刻搬运

笔走龙蛇

驰骋任我

把众生打回原形

半醉半醒

物我皆拥

唤哪个真身随行

后记：让文字轻装上阵

一

一直在行走。

寻访自己的柔软，感动，与胆怯，与虚弱，与言不由衷，寻访肉身存世的种种证词。

山川风物，耸起的，陷落的，洋溢的，不仅仅是心情。

蝉蜕的文字，无须黏着太多泥尘。即使不能飞翔，也要有飞翔的姿势。

漏网里，不希望成了到此一游的人。

二

说来，游记类的散文随笔，曾花过不少时间摸索，也模拟各种文本码了些文字。

一些景物，一些典故，一些感慨，一些连扯带扒的弦外之音，意象、意境，情绪、象征、反讽，等等，然后是流水线的裱糊作业，大致如此吧。

当时，就有了困惑，这么写下去，有意思吗？

我想到的是，古典名著里的老式开篇，通常都花大段篇幅描写环境，给人阅读坐标、环境展示与代入感等。而随着摄影摄像的兴起，这种手法就少人再提了。与影像效果比，文字里的景物描写再细腻都不足为道。古典文学与现当代作品的鸿沟，这也算个切口之一。

现在的问题是，网络搜索如此普及，对某个景点只要输入关键词，想要什么就能找到什么，连不想要的关联信息也能一一凸显。那么，目前这种散文存在的依据或意义是什么?

同样，时兴的大散文套路，不少以景点为切口，实际上以人物故事叙述为主。一个看似纯正的游记，结果成了某个人的故事或小传。同样有疑问，一代人有各自的描写与阅读习惯：当一阵风过去了，后人读普及故事，不找原典或他们那个时代的阐释，而是来读这些不咸不淡的隔代文字?

众所周知，《孙子兵法》历代有十多家注释作品，在各自的时代都曾风云一时。但现在，我们读孙子，除了专业研究者，还有多少人去翻那些不同注本?

此外，某些散点式且叙且议的所谓“新散文”，似遥接普鲁斯特的传统（当然，普鲁斯特有其特殊的时代意义）。其文看来烦冗，随性，散漫，到处皆有闪光点，也致力呈现事物的多元本相，在散点与不确定中勾勒规律。可问题是，看完整篇后，依然不记得主线是什么，通篇到底说了啥，本相与皮相间的距离是什么?

这样的文章，比起朱自清的一个聚焦《背影》，其文本价值相对失焦。在当下及今后，愈来愈碎片化的浪潮里，又有多少人愿意一读再读这种比碎片还碎片的文字？而且，这样路径模糊的阅读体验，究竟有几种可能，能在自身悖论与大时代趋势中建构起新散文的明晰图景?

三

散文诗的创作，同样纠结。

太跳跃了，读者觉得吃力；太平实了，诸多评论家不认可。

篇幅太短了，外界觉得单薄；写长了，圈内不以为然。

诗人昌耀和西川不承认他们的分行文字为散文诗，诗人王家新也不认可他的类似文体为散文诗，而是称之为“诗性文字的组成”。

我对现状也心存疑问。翻一些选本，也能看到部分好作品。但不少选本，看几页尚可，多溜几眼，就感觉难以为继！

跨篇幅的老调重弹，千篇一律，过度抒情，浮夸且松垮，缺乏诗骨，连书写规律中所忌讳的“平铺直叙”也成了主流手法之一，还有青年评论家刘波所形容的满屏“心灵鸡汤”文体……就像余光中所言：没有诗的紧凑和散文的从容，却留下前者的空洞和后者的松散。

从波德莱尔到鲁迅，散文诗确实有过不少经典之作，也有不少突破延展之作。

但现在，由于圈子化、同质化的缘故，散文诗这一文体，与文学主流之间，似乎有了不少隔膜。

四

欣赏这种散文诗定义：像一个人的呼吸，绵密，急促，有温度，是有生命的文字！

也欣赏龚学敏的说法：散文诗是上帝赠予我们的礼物，它兼具散文的包容性与诗歌的凝练性，它能到达散文和诗歌都到不了地方。

曾尝试过多种散文诗写法，也借鉴小说、诗歌、散文的技法，描摹了些试验体的文字，拆装了些破体文字，以期在这种重新建构中更多地包容情绪与细节，有更多的文字弹性与张力。

很长一段时间，还沉浸于明代小品文，个性、自由、直抒胸臆，“法、味、韵”俱全，这种气质，与当代散文诗有曲和暗通之处。

由此，同步做了些文体试验，尽量让语言轻装上阵，尤其在游记散文诗取材上，不一定是全景描写或全知角度，也许景物只是道具，也许只是片段一幕，也许是遥记与虚幻的合体一种。当然，都根据文章布局，不同程度将地貌人文的特征自然融入，尽可能地使情绪、情感与形式载体融为一体。总之，手工作品，有一篇算一篇，不一定圆满，也有很多缺陷。不过，终归自己走了一步，有了新的尝试。其他的，就再说了。

很怀念，写了前句不知后句来源的曾经。

五

一直以来，都有个想法，只写一些关乎山水的文字，关于审美的重新一种，关于慈悲，关于空灵，关于放逐，没有伤害。

至于题材，如果一定要形式分明，那么，有的文章多些散文诗色彩，有的具小品文意蕴，有的看上去像散文，但内里皆指向诗性。

依然强调散文诗的手工特性，希望镜像里每篇都独异有光，都有汉语的遥遥光泽。

苏忠

2018 年元月

图书在版编目（CIP）数据
禅山水 / 苏忠著. —— 成都：四川人民出版社，
2025.1. —— ISBN 978-7-220-13939-0
Ⅰ. I227.6
中国国家版本馆 CIP 数据核字第 20245VK554 号

CHANSHANSHUI
禅　山　水
苏　忠　著

责任编辑	王其进
装帧设计	张　妮
封面插画	林家卫
责任印制	王　俊
出版发行	四川人民出版社（成都三色路 238 号）
网　　址	http://www.scpph.com
E-mail	scrmcbs@sina.com
新浪微博	@四川人民出版社
微信公众号	四川人民出版社
发行部业务电话	（028）86361653　86361656
防盗版举报电话	（028）86361653
照　　排	四川胜翔数码印务设计有限公司
印　　刷	成都蜀通印务有限责任公司
成品尺寸	145mm×210mm
印　　张	7.25
字　　数	150 千
版　　次	2025 年 1 月第 1 版
印　　次	2025 年 1 月第 1 次印刷
书　　号	ISBN 978-7-220-13939-0
定　　价	48.00 元